Drei Scherben
Kurzgeschichten

von Clarissa Edlinger

Gewidmet in Dankbarkeit -
den Unersetzbaren, die ihr mir den Mut gegeben habt,
über den Herkulesschatten des Selbstzweifels zu springen.

1. Auflage, 2012
Verlag und Herstellung: Books on Demand GmbH,
(Norderstedt, Germany)
Umschlaggestaltung: SEC innovations Bad Hofgastein,
Danica Edlinger (© Fotos) & Clarissa Edlinger
ISBN 978-3-8482-0916-3

Index

Sieben Affenköpfe

Zu ihren Füßen langen zwei abgeschlagene Affenköpfe, Meerkatzenköpfe, um genau zu sein. Vielleicht wären sie einem Anderen gleich ins Auge gestochen, doch sie fixierte etwas noch merkwürdigeres. Hunderte von Statuen standen ohne erkennbares System auf verwitternden Pflastersteinen zwischen Grasbüscheln. Wasserdampf stieg schweigend zwischen ihnen auf, als hätte erst vor Kurzem die sommerliche Hitze einen Schauer hervorgebracht, dessen Auswirkungen sie nun wieder verschwinden ließ. Eine jede dieser Statuen war aus schwarzem Stein gehauen und eine jede trug die gleichen Gesichtszüge, *ihre*.

Jedoch ähnelten die Körper einander nur wenig. Da waren Tiermenschzwitterwesen zu sehen, die man aus der griechischen Mythologie oder einem Fantasy-Roman kennt. Frauen, Männer, nur selten Kinder, Menschen und Wesen in verschiedensten Lebensaltern standen dort. Sie alle besaßen ihre Nase, ihren Mund und ihre Augenpartie. Auch wenn das Gesicht teils gröber, teils feiner gezeichnet auf den einzelnen Körpern saß, war es unverkennbar stets dasselbe. Hunderte von Spiegeln blickten ihr entgegen, an ihr vorbei, starrten teils ins Leere, oder schienen einander zu beobachteten.

Dieser Platz, diese Lichtung, war umgeben von dichtestem Dschungel, der weder Machete noch Motorsäge zu ahnen schien. Das Leben zwischen den riesigen Bäumen ging seinen gewohnten Weg.

Vögel und anderes Getier waren deutlich zu hören, die Lichtung aber mieden sie. Es schien alles so echt, wirklich und selbst ihren eigenen Träumen traute sie soviel Fantasie eigentlich nicht zu. So fragte sie sich flüsternd, als würden laute Worte die Statuen erwecken können. *Wie kann ich erkennen, ob das real ist?*
Sie erinnerte sich nicht daran, wie sie hierher gekommen war. Das würde immerhin für einen Traumlandaufenthalt sprechen. Sie musterte sich. *Gut*, sie hatte ihre Alltagskleidung an und sah nicht aus, als hätte sie sich vor Kurzem durchs Unterholz gekämpft... Um die zwei Affenköpfe zu ihren Füßen summte nun eine Fliegenwolke, die sie nicht wahrnahm, zu sehr beschäftigten ihren Geist die schattenfarbenen Abbilder.

Das hier, alles, war nur ein dämlicher Traum, ein Traum, aus dem man in Sekunden erwachen würde, sollte, wollte. Ein erleichtertes Seufzen entwich ihr. Sie schmunzelte, wurde entspannter und beschloss nun doch die Umgebung zu erkunden. Immerhin war nichts zu befürchten. Seltsam schien ihr nur, dass sie den ersten Schritt so bewusst machen konnte und ihr klar war, dass sie sich in einem Trugbild befand. Immerhin heißt es doch: *Erkennt der Träumer den Traum, so endet er.*

Sie stieg mit ihren schwarzen Stöckelschuhen über die nun vier abgeschlagenen Köpfe, als wären es nur unbedeutende Steine. Eine großbrüstige Frauenstatue in einem Hauskleid hatte ihre Aufmerksamkeit.

Hinter deren Beinen sah man einen kleinen steinernen Jungen, der neugierig in ihre Richtung sah. Sie bewunderte die Arbeit und eben war es ihr, als hätte sie ein verblassendes Leuchten in den Augen des Jungen gesehen.

Die Statuen sahen fast lebendig aus. Allerdings hinterließen nicht alle diesen Eindruck. Die Abbilder mit den Tierkörpern schienen um einiges grober gehauen. Ihnen, so war ihr klar, sah man die Schläge mit den Werkzeugen förmlich an. Sie meinte, der unbekannte Künstler hätte diese wohl in einem früheren Stadium seines Könnens gefertigt. Dann lächelte sie: *Welcher Künstler? Das ist doch ein Traum!*

Etwas weiter hinten stand eine große Statue, die sie nun näher betrachten wollte. Auch dieser gewaltige Körper eines Tigers trug ihr Gesicht. Sie berührte mit den Fingern sein steinernes, von der Sonne gewärmtes Fell als plötzlich Gänsehaut die Hände hinaufschnellte und über ihren Rücken langsamer nach unten kroch. Leise hauchte sie ihren Gedanken in die tropische Luft: *„Ich war schon einmal hier!"* Jetzt sah sie ihn erst: Ein langer dünner Mann in längst bedeutungsloser Kriegsuniform berührte in der Bewegung erstarrt den Schweif des Tigers. Sein Gesichtsausdruck zeigte Angst. Sie zog ihre Hand augenblicklich von dem Tierkörper zurück.
Ihr Atem ging schnell, das Herz pumpte das Blut wilder, heftiger durch die Adern und ihre Sinne rechneten jeden Augenblick mit einem Angriff. Die eigene Vernunft schlug ihr ins Gesicht: *Es ist ein Traum, nichts weiter!*

Sie atmete tief ein, zupfte ihre Bluse zurecht, was sie gerne tat, um sich zu beruhigen und tatsächlich funktionierte das auch hier. Ein eigenartig süßlicher Geruch stieg ihr nun in die Nase. Sie genoss ihn, da er ihrem Lieblingsgewürz Zimt ähnelte. Insgeheim hoffte sie, sich nach dem Aufwachen an diesen Traum erinnern zu können, so beängstigend er auch war.

Plötzlich schien ihr Blick geführt zu werden und es war ihr, als müsse sie sich umdrehen, was sie auch tat. Jetzt sah sie die Affenköpfe. Sie waren nicht aus Fleisch, aus Blut wie jene, die vor ihren Füßen gelegen hatten. Nun waren sie aus demselben Stein gehauen, wie all die Statuen auf dieser Lichtung, diesem Platz im scheinbaren Nirgendwo. Sieben Meerkatzenköpfe waren es jetzt, sie bildeten einen Kreis und in dessen Mitte stand eine neue, atmende Figur.

Wieder spürte sie nasskalte Angst über ihre Hände hinauf und den Rücken hinunter brennen. Die Gestalt lebte. Es war ein Mensch wie sie. Furcht, Neugier, Erschrockenheit, alles lag nun auf ihrem Gesicht und das seine hatte wieder dieselben Züge wie ihres.

Die neue Figur war ein Mann im Nadelstreifanzug. Er war doch eben noch in seinem Meeting gewesen. *Ah, vermutlich eingeschlafen, typisch! War ja auch eine langweilige Sache und der Redner ein Stümper gewesen!* Er kramte in seiner Tasche nach Zigaretten. *Was für ein abartiger Traum*, dachte er. Holte sie hervor und zündete sich eine an. *Nett, so etwas hatte er noch nie: Rauchpause im Meeting*; aber was sollten die Statuen da? Auch er nahm die zwei frisch abgeschlagenen Affenköpfe zu seinen Füßen nicht wahr.

Er sah sich um. Eine Frauenstatue etwas weiter hinten, die ihn direkt ansah, fiel ihm sofort auf. Der Künstler, der diese Statuen geschaffen hatte, hatte wohl noch nie etwas von moderner Kunst gehört. Die wirkten viel zu echt. *Obwohl: Welcher Künstler? Er schlief gerade, er träumte doch nur!*

Er schüttelte den Kopf. *Und dann der Ausdruck auf ihrem Gesicht*, dachte er verächtlich. *Diese Mischung aus Neugier und Angst sah fast lächerlich aus*, nur fragte er sich doch einen Moment, woher diese verlöschende Flamme in ihrem rechten Auge gekommen war. Egal, nun war sie weg und er machte einen Schritt in ihre Richtung, überschritt die Affenköpfe, als hätte er gespürt, dass da etwas war, das man nicht zertreten sollte. Fliegen bildeten bald eine Wolke um die Köpfe. Nur eine von ihnen wagte es, sich auf dem Fell niederzulassen. Doch das ließ der Kopf nicht zu. Die Augen bewegten sich für den Bruchteil einer Sekunde und das Insekt kehrte auf seinen Platz in der Wolke zurück.

Inzwischen sah er sich weiter um: *seltsamer Ort*. Er war nicht gewohnt so detailgenau zu träumen und machte einen tiefen Zug. Urwaldumgebung war so ganz und gar nicht seine Sache. Er hielt sich lieber im Norden auf. Tagesrest, Inspiration aus dem Fernsehen schloss er auch aus. Die letzte Dokumentation hatte er mit 11 gesehen. Aber das war lange her und die eine hübsche Steinfrau etwas weiter rechts, die ein Kleid anhatte, das ihn schwer an die Sechzigerjahre des 20igsten Jahrhunderts erinnerte, hatte es ihm nun angetan. *Eigenartig*, als er zu ihr ging, hatte er das Gefühl schon einmal hier gewesen zu sein und die Gesichter, *hm*, die kamen ihm irgendwie bekannt vor.

Hinter ihm verdoppelte sich bald schon die Zahl der Affenköpfe und vier umgaben nun die Stelle, an der er angekommen war. Er berührte das Haar der Frau, das ihm warm erschien und er glaubte zu wissen, dass es blond gewesen war, als der siebte Affenkopf den Kreis vollendete. In dessen Mitte stand nun ein Mädchen im Nachthemd. Sie sah, dass rechts von ihr ein steinerner Mann im Nadelstreif gerade die Haarsträhnen einer anderen Statue berührte. Er hatte ihr den Rücken zugewandt. Das Mädchen fand alles unheimlich. Sie bewegte sich keinen Millimeter.

Ihren Bären hatte sie in der rechten Hand. Als sie nach unten sah, entglitt er ihr und fiel hinter die Affenköpfe. Sie schrie laut auf. Die erneut frischabgeschlagenen Häupter lagen vor ihr, zwei Stück, und etwas Blut färbte die Steinplatte, auf der sie lagen. Angst und Ekel beherrschten sie. Starr vor Schreck hielt sie still und fixierte die Köpfe unaufhörlich. Als glaube sie, sie würden in einem unbeobachteten Moment Füße bekommen und sie anspringen. Den Bären wollte sie nicht retten, *nein*. Sie blinzelte. Fliegen sammelten sich knapp über den Köpfen. Obwohl die Insekten sich um sie nicht kümmerten, versuchte das Mädchen die Tiere mit Fußtritten zu vertreiben und stieß dabei auf einen, der nun vier Affenköpfe.

Eigentlich hätte er zur Seite rollen müssen, doch blieb er an seiner Stelle und dem Mädchen tat der Fuß weh, als hätte sie gegen etwas Hartes getreten. *Vielleicht könnte sie den Stoffbären doch irgendwie retten*, dachte sie. Dass die Köpfe vielleicht nicht echt waren, gab ihr Mut.

Sie kniete sich hin, griff vorsichtig zwischen den Häuptern hindurch, als wieder zwei hinzukamen. Kurz hielt sie inne, dann tastete sie sich vorsichtig weiter.

Fast hätte sie ihn erreicht, nur noch wenige Zentimeter trennten sie von dem Stofftier, da schreckte sie erneut hoch. Sie spürte Finger auf ihrer Schulter, die sie packten. Die Steinaffenköpfe zu ihren Füßen hatten wieder einen Kreis gebildet. Die Hand hielt sie fest und schien sie von diesem Ort wegzuziehen.
Das Mädchen schrie wieder, als sie plötzlich mitten auf ihrem Bett stand. Sie drehte sich um. Eine Frau zog dabei die Hand von ihrer Schulter und umarmte ihr schweißnasses und zitterndes Kind. Dieses brauchte etwas Zeit, um sich zu beruhigen. Auch wenn die Mutter meinte, es wäre gut darüber zu sprechen, konnte ihre Tochter nicht erzählen, was sie geträumt hatte. Sie wusste nur noch von ihrer Angst zu berichten.

So kostete es viel Mühe, doch schließlich gelang es das Mädchen in die bunte Decke zu hüllen und sie zum Hinlegen zu überreden. Dann verlangte die Kleine, wie gewohnt, ihren Teddybären. Sie suchten danach, auch am nächsten Tag, und obwohl sich ihre Mutter sicher war, dass sie ihn zuletzt doch im Kinderzimmer, wenn nicht sogar auf dem Kopfkissen gesehen hatte, blieb er unauffindbar. Bis, … bis das Mädchen, längst selbst zur Frau geworden, den verlorenen Bären wiedersah.

Das blaue Shirt

Es hörte sich dumpf an, als würde etwas Kleines gegen eine Glasscheibe, die sich unter einer Wasseroberfläche befand, geworfen. Da es nun still in seiner Wohnung war, hatte er es kurz wahrgenommen, jedoch gleich wieder vergessen. Er, nun alleine, setzte sich an den kleinen Tisch am Fenster, auf dem das Geschenk seiner Affäre stand. Es war keine Stunde her, da hatte er sie endgültig aus seinem Leben gestoßen. *Was hätte er sonst tun können*? Seine Frau war früher nach Hause gekommen. Zum Glück waren sie nicht mehr dabei gewesen, aber sie saßen noch in der Küche. Über die Kaffeetassen hinweg sprachen sie zu vertraut miteinander, als seine Ehefrau hereinkam. Sofort stellte er beide Frauen einander vor und gebrauchte das Wort „Bekannte". Seine Frau aber wusste bescheid oder zumindest ahnte sie es, denn ihre Stimme war unangenehm kühl und gebieterisch, als sie die Andere grüßte und ihn ansah.

Für wen er sich entscheiden würde, war immer klar gewesen. Die Eine war nur Spielzeug, eine süße Nachspeise, die einen nicht richtig ernähren kann, zu ungesund ist, zu wenige Vitamine hat. Etwas, dass einen dick und faul werden lässt, wenn man sich zu lange damit beschäftigt. Seine Frau hingegen, ja, *er hätte sie nie betrügen sollen*. Eigentlich wusste er nicht mehr, warum er es überhaupt getan hatte. Sie war schön, denn ihr Lächeln, das mitunter selten geworden war, gefiel ihm immer noch und, was noch mehr zählte, *sie verstand ihn.* Er konnte mit ihr philosophieren über die Welt und die Ironie, die man braucht, um all die Menschen zu ertragen, die man sich im Laufe seines Lebens angesammelt hat. Zum ersten Mal seit Beginn dieser Affäre fühlte er sich schlecht. Er hatte zu wenig nachgedacht und bereute es jetzt.

„Ich denke sie wollten gehen?", hatte er kühl zu seiner Nachspeise gesagt. Sie griff nach der leeren Tasse wie nach einem Strohalm. Dann zog sie die Hand zurück und schien endlich zu verstehen. Sie zupfte ihr blaues T-Shirt zu Recht, als sie aufstand. Er begleitete sie zur Tür, während seine Frau ohne ein weiteres Wort ins Wohnzimmer gegangen war. Dann hatte er sie verabschiedet, unfreundlich, kalt und laut, damit es auch im Nebenzimmer zu hören war und leise, bevor er die Tür endlich schließen konnte, hatte er ihr zugeflüstert und dabei sogar bedrohlich gewirkt. „Es ist vorbei, geh, komm nie wieder und ruf nicht an."

Bevor sie diese Worte richtig begreifen konnte, hatte er die Tür schon fest zugedrückt und sogar, ganz entgegen seiner Gewohnheit, abgeschlossen. Dann war er ins Wohnzimmer gegangen. Etwa 10 Minuten schwieg das Ehepaar sich dort an. Er wollte nicht lügen und sie wollte nichts fragen. Schließlich sagte er ehrlich gemeint und schuldbewusst, „Entschuldigung." In dieses Wort eingewebt waren ein „Mach dir keine Sorgen, es ist vorbei" und sogar ein leises „Ich liebe dich, verzeih mir bitte". Seine Frau antwortete nach kurzem Zögern:„Ich muss nachdenken.", und war bald darauf gegangen.

Nun saß er hier, allein. Er nahm das Geschenk vom Tisch und drehte die Schneekugel in den Händen herum. Ein steinerner Drache war Außen angebracht. Er bewachte das kleine seltsame, im Glas gefangene Dorf. *Wie war seine Nachspeise nur auf die Idee gekommen, ihm so etwas zu schenken?* Der künstliche Schnee wurde etwas aufgewirbelt. Er stellte die Kugel zurück und nahm sich dabei vor, sie bald wegzuwerfen. Plötzlich hörte er wieder das dumpfe Geräusch eines Gegenstands, der unter Wasser gegen etwas prallt.

Er zuckte zusammen. Es war lauter als zuvor und es bestand kein Zweifel, dass jener Laut aus der Kugel gekommen war. Jetzt entdeckte er, dass langsam etwas auf den grün schimmernden Boden rutschte, der wohl Gras darstellen sollte. Das Ding sah aus wie ein kleines Buch. Undeutlich war zu erkennen, dass es sogar einen Titel hatte. Er musste lächeln. *Vielleicht war das Geschenk doch nicht so billig gewesen* und barg ein kleines Geheimnis, ein verstecktes Buch, das man nur durch Zufall entdecken konnte. Er kniff die Augen zusammen, wollte den Titel lesen, als es erneut geschah. Ein weiteres winziges Buch wurde aus einer der leeren Fensteröffnungen gegen die Glasscheibe geschleudert. Er rieb sich ungläubig die Augen und sammelte seine Gedanken.

Vielleicht war es ja ein einfacher Mechanismus, den er zufällig aktiviert hatte? Das kleine Buch rutschte ebenfalls zu Boden und wirbelte dabei etwas von dem Schnee auf, der nun wieder ganz nach unten gesunken war. Der Einband des winzigen Buches kam ihm bekannt vor. Es erinnerte ihn an eines aus seiner Bibliothek. Dem wollte er nachgehen …

Augenblicke später war er im Wohnzimmer, um eine Lupe oder einen anderen hilfreichen Gegenstand zu finden. *Ah, die vergessene Lesebrille des Schwiegervaters* lag noch auf dem Wohnzimmertisch. *Das musste einfach funktionieren.* Als er zurückkam, stapelten sich schon etwa 10 kleine Bände an der Glasinnenseite. Er hielt die Brille in einiger Entfernung und sah hindurch. Dem obersten Buch widmete er sich nun. Die Schrift konnte er immer noch nicht entziffern, aber auch diesen Umschlag kannte er und erriet so den Titel. Er stutzte. Dieser Band war erst vor 2 Monaten erschienen, das Geschenk stand hier allerdings schon seit über einem Jahr. *Wie hätte jemand dieses Buch in die Kugel einbauen können?*

Das war unmöglich. Er strich über seinen imaginären Bart, was er immer tat, wenn ihm etwas merkwürdig vorkam. Dieser Band war nur einer von den vielen Büchern, die er seiner Nachspeise geliehen und nicht zurück bekommen hatte. Jedes Mal nahm er Lesestoff für sie mit und immer ließ sie das Buch in ihrer Handtasche verschwinden. Danach lächelte sie stets. Doch nie las sie auch nur eine Zeile daraus. Zumindest vermutete er das, da sie Fragen darüber stets abblockte. Trotzdem, das machte ihn wütend, hatte sie ihm noch kein einziges Exemplar zurückgegeben.

Er nahm die Kugel und schüttelte sie heftig, als könnte er seinen Besitz dadurch zurück erlangen. Der Schnee und die Bücher wirbelten herum. Dann stellte er das Ding krachend auf den Tisch zurück. Manche der Bücher rutschten die Dächer hinunter und schlugen fast merklich unten auf. Der Drache außen schien ihn plötzlich vorwurfsvoll anzusehen. Er meinte fast, das Monstrum würde nicht das Dorf beschützen, sondern ihn vor dem, was in der Kugel war. Er schüttelte den Kopf und fuhr sich mit der Hand über die Stirn, die nun in Falten stand. *Was war das für eine Teufelei? Z … Hexerei?* Daran glaubte er nicht, wie an Himmel, Hölle oder sonst irgendeinen Unsinn, der nicht wissenschaftlich zu belegen war. Es musste eine plausible, logische Erklärung dafür geben …

Wieder wurde ein Buch aus dem Fensterloch geworfen. „Lass das!", herrschte er die Schneekugel an. Seine eigenen Worte erschreckten ihn. Schnell stand er auf und ging ins Bad. Kaltes Wasser ließ er über die Hände laufen und warf sich schließlich einen Schwall ins Gesicht. Für eine Sekunde glaubte er im Porzellanbecken einige dieser künstlichen Schneeflocken zu sehen.

Doch das entpuppte sich bei genauerem Hinsehen als etwas Putz, der von der Decke heruntergerieselt war. Erleichtert sah er sein eigenes Spiegelbild an. *Erbärmlich sah er aus*, etwas Wasser tropfte von seinen Haaren. Mit dem Handtuch wischte er alles weg. Anschließend brachte er seine Frisur wieder in Ordnung. *Ha, wieso sollte er sich vor einer albernen Schneekugel fürchten?* Er ging zurück zum Tisch. Inzwischen waren noch mehr Bücher aus dem Fensterloch geflogen und die Stelle, an die sie geworfen wurden, zeigte bereits einen kleinen Sprung, etwas Wasser tropfte schon auf den Tisch. Er wollte hin und die Kugel aus dem Fenster werfen.

Ein Geräusch hielt ihn auf. Er hörte sein Telefon klingeln und folgte dem Ruf. *Die reale Welt meldet sich*, dachte er, und freute sich darüber. „Unbekannte Nummer" stand auf dem Display. Er hob ab: „Ja?" Zuerst hörte er nichts, dann schluchzte jemand am anderen Ende der Leitung. „Ich habe gesagt, ruf mich nicht an.", erwiderte er und legte auf. *Ich lasse mir weder meinen Verstand, noch mein Leben von der zerstören*, dachte er und wollte sich wieder der Kugel widmen. Das Telefon meldete sich erneut, wieder war die Nummer unterdrückt worden. Er hob trotzdem ab. Nun war ruhiger werdender Atem zu hören und leise hauchte die bekannte Stimme ein entschlossenes „Du bist Schuld." ins Telefon. Das wollte er sich nicht bieten lassen. Die hatte doch gewusst, dass er verheiratet war! Der Ring war deutlich zu sehen, als sie den ersten Flirt begann und er hatte ihn nie abgenommen, bei keinem einzigen Treffen! *Seine Schuld?* Er ging auf und ab im Gang, ihr Atmen wurde leiser, erlosch fast.
Seine Schritte wurden hingegen schneller und aggressiver. Er blieb stehen und legte mit der Gewissheit auf, sich nicht mehr fangen lassen zu wollen.

Im selben Moment fiel etwas auf den Parkettboden unter dem Tisch am Fenster und zerbrach. Langsam ging er darauf zu. Wasser lief über die Tischkante und mit ihm klatschten die kleinen Bücher nach unten. Dann sah er es. Der Drache lag zersplittert am Boden, aber wie ein aufgeschlagenes Ei war die Kugel noch auf dem Tisch geblieben. Aus dem großen Loch im Glas strömte die durchsichtige Flüssigkeit über den Tisch hinunter. Die Bücher wurden davon herausgetragen und noch etwas, etwas Größeres, wurde vom Wasser nach unten gespült. Eigentlich sträubte sich sein Innerstes dagegen, aber er wollte doch wissen, was es war. So beugte er sich zu der kleinen Lache am Boden hinunter. Gleich würde er es erkennen …

Die Wohnungstür ging auf und seine Frau kam herein. Ihre Miene war nicht mehr ganz so kalt wie vorhin. Er drehte sich um und murmelte, dass die Schneekugel zerbrochen sei. Sie nickte nur und meinte, dass sie es sehen könne. Dann holte sie einen Besen aus der Abstellkammer und reichte ihm diesen, noch bevor sie ihren Mantel an den Hacken hing. Als er wenig später die Scherben zusammenfegte, sah er zwischen all den winzigen Büchern etwas liegen, dass wie die Miniatur eines toten Körpers aussah. Es war eine kleine Frau mit blauem T-Shirt, einer Haarfarbe, die er nur allzugut kannte und einem abgestorbenen Glitzern in den winzigen braunen Augen. Er zitterte. Ihm war so kalt, als stünde er plötzlich nackt und für unbestimmte Zeit in einem tobenden Schneesturm irgendwo in einer fernen Eiswüste. Seine Frau war in ein anderes Zimmer gegangen. Sie schaltete den Radio ein. Uhrzeit. Nachrichten und im Hintergrund hörte sie bald erneut das zögerliche Geräusch von Besenhaaren auf nassem Holz.

Flora [1]

Sie kannte dieses Gefühl. Nein, man sollte eher sagen: Sie hatte eine Ahnung davon gelesen und nachempfunden. Das Buch, aus welchem es stammte, war nun vor ihrem geistigen Auge. Ihre damals kleine Hand schlug die richtige Seite auf. Der Text des Märchens blieb verschwommen, verschwunden aus der Erinnerung. Jedoch die Illustration war klar und deutlich geblieben. Die feinen Striche sah sie immer noch: das moosige Grün, welches schier alles zu beherrschen schien; den Tannenwald; den gefangenen Prinzen und seine Retterin. Er streckte die Hand nach ihr aus und konnte sie fast berühren.

Fast, denn er war noch halb zur Pflanze verflucht. Seine Haare verzweigten sich und trugen Blattwerk. Die Finger endeten in spitzen Ästen und seine Füße wurzelten tief. Aber das Gesicht war bereits zurückgekehrt und die Farben der Kleider schon sichtbar. Seinetwegen hatte sie, Flora, so oft die Taschenlampe unter die Bettdecke geschoben, wegen ihm die Seite des Märchenbuchs gesucht und jeden Strich, seine Gestik, seine Mimik schier auswendig gelernt. Damals meinte sie, der Prinz müsse sich doch bewegen, er müsse sich verwandeln, ganz, denn diese Geschichte ging doch *gut* aus. Sie verstand nicht, warum er festgesetzt im Moment der Veränderung, vor dem glücklichen Ende, sein Dasein fristen musste. Seine barfüßige Retterin wollte ihm doch in die Arme fallen, ihn küssen und schließlich heiraten! Der bedauernswerte Prinz erlebte diese vollständige Erlösung nie, war ewig an den Moment davor gefesselt…

---

[1] Inspiriert durch eine Darstellung zum Grimm Märchen „die Alte im Wald".

Irgendwann hatte sie es nicht mehr ertragen können und den Prinzen aufgegeben. Ewigkeiten hatte sie nicht mehr daran gedacht, wusste nicht, ob das Buch längst zerschnitten und wiederverwertet oder immer noch unter Staubschichten im Keller ihres Elternhauses lag. So lange war all das vergessen gewesen: bis jetzt, heute …

Durch die Illustration aus dem Buch kannte sie dieses Gefühl schon, diesen merkwürdigen Moment, doch war es jetzt anders! Flora blieb nicht die Zuschauerin, das lesende Mädchen im Kinderzimmer. Sie spürte am eigenen Körper, wie es begann. Flora wusste noch, dass sie in den Park gegangen war, alleine und voller Traurigkeit. Getrocknete Tränen brannten auf ihrer Haut und die klaffende Wunde in ihrem Inneren war unsichtbar für die meisten vorbeiziehende Passanten. Anschließend hatte sie sich hingesetzt auf diese Bank, fallen lassen auf das Holz und dann …

Wohl Stunden musste sie dort verbracht haben, ohne irgendetwas wahrzunehmen. Dann hatte die Stimme sie angesprochen, oder war es ihre Initiative gewesen? Sie wusste es nicht mehr. Die Frau, zu der die Worte gehört hatten, war ihr auch entfallen. Sie erinnerte sich nur noch an die Sanftheit der Stimme und den gleichzeitigen Schelm, der aus ihren Augen sprach. Sie fühlte sich so geborgen, aber auch alarmiert, wie schnell sie zu driften begann. Die Melodie der Worte war so faszinierend gewesen, doch der Sinn dahinter blieb ihr ein Geheimnis. Flora konnte nicht sagen, ob die Frau überhaupt eine ihr bekannte Sprache benutzte. Aber die eine entscheidende Frage hörte sie heraus und sie konnte sich wieder nicht entsinnen, was sie darauf geantwortet hatte.

Nur musste es wohl eine Zustimmung gewesen sein, denn von dem Moment an verstand sie das Dasein des Verwunschenen aus dem Märchen vollkommen. Sie befolgte damals die Anweisung der angenehmen Stimme und stellte sich mitten in die Wiese. Sie spürte, dass die Frau um sie herumging, bedächtig, als prüfe sie etwas. Flora bemerkte, dass von dem Augenblick an, als sie den Weg verlassen hatte, die anderen Menschen im Park keine Notiz mehr von ihr nahmen, wenn sie das denn zuvor getan hatten.

Der Boden unter ihr wurde plötzlich weich, wunderbar weich und ließ sich so einfach durchwachsen. Ihr Brustkorb verholzte, langsam, mit jedem Luftholen fiel die Bewegung schwerer und mit jedem Atemzug übernahm ein anderer Teil ihres Selbst die Aufgabe der Sauerstoffzufuhr. Sie spürte, wie sie Wasser aufzunehmen begann und es bis in ihre Haarspitzen hinauf gelangte, die sich streckten und die Leichtigkeit verloren.

Angst hätte sie haben sollen, so dachte sie nun. Jene beklemmende Furcht, die man kennt vom alleine-an-einer-einsamen-Bushaltestelle-Stehen, während die Dunkelheit aus allen Ecken kriecht und etwas in dem einen nahen Busch unheimliche Geräusche macht. Doch sie hatte diese Emotion nicht, nicht mehr. Sie spürte ein leichtes Kitzeln, ihre Haut begann sich zu wandeln, wurde auch härter, fester, robuster, gefühlloser, obwohl sie bemerkte, dass tatsächlich schon eine erste Ameise diesen neuen Stamm erproben wollte. Es schien Unendlichkeiten zu dauern. Die sanfte Stimme verschwand, wurde dumpf, die schelmischen Augen konnte sie nach und nach nicht mehr sehen, obwohl sie spürte, dass noch jemand um sie herumging.

Der Schmerz und die Traurigkeit verblassten immer mehr und sie sah nur noch die Zeichnung aus ihrer Erinnerung. Der Prinz, der doch noch halb Baum war und seine Hand zur Erlösung ausstreckte, schien ihr die falsche Entscheidung zu treffen. Das stetige Pumpen ihres Herzen wich dem Gefühl des Wassers, das langsam wieder und wieder nach oben gedrückt wird und das Atmen wich dem ruhigen Gasaustausch, der in ihren Blättern stattfand. Langsam verabschiedete sich auch ihre Bewusstheit und etwas anderes begann ihren Kreislauf zu steuern, nahm ihr alles ab und das einzige Gefühl, das blieb, war eine angenehme Verwunderung …

Und jetzt? Jetzt ging alles so schnell. Das Bild aus dem Märchenbuch, das eben wieder zurückgekehrt war, verschwand. Hier stand keine Frau in roter Schürze, die eine Taube zum Baum geführt hatte, indem ein Prinz sein verfluchtes Sein fristete und nichts sehnlichster wünschte als die Freiheit. Sie wollte nicht frei sein, nein! Ihre Haare begannen wieder weich zu werden, das Wasser zog sich in die Adern zurück und färbte sich rot, wurde durchzogen von Blutkörperchen. Ihr hölzernes Herz wurde warm und aktiv, pumpte erneut und die Lungen wollten wieder ihren Dienst tun. *Halt!* Hier war keiner, der befreit werden musste. *Sie war doch kein Prinz!* Sie hatte das Bild damals nicht beeinflussen können. Der Königssohn blieb erstarrt und sie hoffte so sehr, dass sie es ihm jetzt gleich tun könnte. Aber sie war nicht gefangen in der Verwandlung, hineingezeichnet in den Moment der Veränderung. Ihre Metamorphose schritt voran, sie hoffte vergebens, denn es war unaufhaltsam.

Die erschreckten Ameisen und Insekten verließen den zornig atmenden Baum. „*Nein*", sagte sie, die plötzlich wieder eine Stimme hatte und aus ihrem ruhigen Schlaf vollkommen zurück ins Bewusstsein kam. Sie hörte den Singsang, die Melodie der eigenartigen Worte wieder. „NEEEIN!"

Die Blätter fielen plötzlich gelb und funktionslos geworden um ihre werdenden Füße zu Boden. Die lang gewordenen Zehen, die ihre Schuhe durchstoßen hatten, kehrten in die gewohnte Form zurück und auch das Kunstleder wuchs zu, als sei es nie zerrissen worden. Sie fühlte sich getrennt von ihrem Laub, getrennt von der Erde, die sie so lange ernährt hatte und ihr etwas von ihrer Geschichte wortlos anvertraut hatte. *All das verloren*, … all das verloren, sie wollte nicht, aber die Wandlung hatte sich bald vollständig vollzogen.

Nun stand sie mitten im Feld, umrahmt von dem bunten Laub. Es war Herbst, das spürte sie. Kalter Wind kam durch ihr Sommerkleid und ihre Haut reagierte alarmiert darauf. Immer noch wollte sie es nicht glauben. Sie blieb einfach stehen. „Nein!", sagte sie wieder. „Nein!", bestimmt und wütend formte ihr Mund die Worte und Flora suchte mit ihrem Blick die schelmischen Augen. Zu finden waren sie nicht mehr. Ihre Ohren wollten den Singsang hören und spürten dem Echo davon nach. Das sollte ihr eine Richtung zeigen, doch fand sie keine Spur mehr. All ihre Blätter: weg; all ihre Wurzeln: fort, nur noch Zehen und Schuhe darüber, die ihr viel zu eng erschienen. All ihre Begleiter, die kleinen so wenig spürbaren Insekten und die Vögel, die sie verzehrten, fehlten ihr plötzlich. *Vielleicht würde sie sich wieder verwandeln, wenn sie nur hier stehen bliebe?* Ein Versuch müsste es wert sein …

Ein erneuter Windstoß ließ sie zittern. Ihre Stöckelschuhe bohrten sich in den vom Regen der gestrigen Nacht feuchten Boden. Gestern in den sonnenlosen Stunden, da hatte sie ihn noch auf ihren Blättern gespürt. Sie wollte nicht zurück!

Doch sie war hier, sie atmete, sie fror, man sah es ihr an. Jemand fragte unsicher „Alles in Ordnung?"Sie fokussierte die Person. Die Frage kam ihr hämisch vor. Was sollte hier in Ordnung sein? Sie war wieder ein Mensch! Ihre Beine schmerzten, als sei sie zu lange gestanden und dann spürte sie noch etwas in ihrer Magengegend: Hunger. Nun ja, sie hatte vermutlich seit Mai nichts mehr gegessen, seit Mai! „Was ist heute für ein Tag?", fragte sie zögernd. „Der 29zigste September", antwortete der andere Mensch, der noch einmal zu seiner ersten Frage ansetzen wollte, es aber dann doch bleiben ließ und sich umdrehte, um weiter zu gehen. Sie zog mühevoll die Stöckel aus der weichen Erde und stand bald schon wieder auf dem Kiesweg. Ihre Handtasche sah etwas mitgenommen aus. Sie öffnete den Reisverschluss und griff hinein, um irgendetwas zu finden. Der Akku des Handys war leer und ihr wurde klar, dass sie über Monate hinweg nicht erreichbar gewesen war.

Hatte man sie denn vermisst? Vermisst, sie vermisste so Vieles jetzt. Sie spürte den Schmerz noch leise pochend, der sie eigentlich in diesen Park getrieben hatte, und begann noch ein wenig unbeholfen in der Kälte den Weg zurück, zurück nach Hause zu suchen. Bald würde sie erfahren, dass sie gefehlt hatte, dass man versucht hatte sie ausfindig zu machen, und dass sie nicht in ein Märchen, sondern in die Realität zurückgekehrt war, in der man Erklärungen braucht, die man niemandem geben kann. Sie schwieg, auch als man sie zu einem Psychologen schickte.

Nur eine Lokalzeitung, die auch ihr plötzliches Verschwinden eine Meldung wert fand, berichtet kurz, weil es nichts anderes zu erzählen gab, dass man sie wieder gefunden hatte. Wieder gefunden? Wie sollte sie denn in ihr altes Leben zurückfinden? Fast schon liebevoll sah sie Vögeln nach, wenn sie sich einen Blick aus dem Fenster erlaubte und in der Ferne einen Baumwipfel des Parks erahnte.

Sie war beurlaubt worden, aber hatte, weil sie Mitleid erregte, ihren alten Job wieder bekommen und lernte langsam erneut nach den menschlichen Regeln zu spielen. Bald log sie schließlich, erzählte eine Fernsehgeschichte von Entführung und Flucht. Bei der Polizei wurde ihre Aussage aufgenommen und gefahndet nach einer unbekannten alten Frau. Viel Hoffnung, sie dadurch wieder zu finden, hatte sie nicht ...

Vorsichtig ging sie bald wieder in den Park, setzte sich auf die Bank, wartete. Viele freie Stunden verbrachte sie dort, bis sie nur noch jedes Jahr im Mai an den Wochenenden herkam, stets horchend, suchend, hoffend. Der Schmerz aber, die Traurigkeit, die sie damals zum ersten Mal in den Park gelockt hatte, blieb nur wie ein dumpfes Geräusch in ihr lebendig, und erlangte nie wieder die gleiche Macht, wie an jenem Tag. Und schließlich, so wie sie es auch eines Tages aufgegeben hatte das Buch immer wieder aufzuschlagen, hörte sie nach Jahren auf, dorthin zurückzukehren und versuchte selbst den Staub des Vergessens darüber auszubreiten, die Erinnerung irgendwann zu zerreißen und daraus etwas Neues zu formen ...

Die Chance?

Man hatte diesen runden Metalltisch, wie die anderen, erst vor einiger Zeit aus dem Keller geholt und oben aufgestellt. Heute war der erste warme Tag des Jahres, nach einem Winter, der gefühlte Unendlichkeiten gedauert hatte, und viele trieb es hinaus in die frische, warme Luft. Die Kellner schienen allerdings noch in Winterschlaf zu verharren, denn als sich das Paar an den Tisch setzte, war lange keiner zu sehen. So spielte er mit seiner teuren Uhr herum, während sie ihren Autoschlüssel in der Hand drehte, als würde sie etwas aufschließen wollen. Dann ließ sie den Schlüssel auf die Tischplatte fallen, und sah ihn fordernd an.

Ihre Lippen bewegten sich schnell, als sie die Frage stellte. „Würdest du es heute noch einmal tun?" Er verstand nichts. Die Kellnerin kam und beide bestellten. Dann verschränkte sie die Hände, beugte sie nach vor und fragte erneut. „Würdest du mich noch einmal ansprechen, würdest du, hättest du gewusst, was draus entstehen würde?" Er überlegte für einen Augenblick zu lange. Sie hatte Zeit sich ihre kurzen Haare nach hinten zu streichen und ihn einem Inquisitor gleich anzusehen. Ihre grünen Augen folterten und er suchte Ausflüchte. Sein Fluchtweg waren Worte, die sich zu einer unsichtbaren Wand vor ihr aufbauten. Zwischen all diesen durchsichtigen Ziegeln, war ein roter, der vielleicht nicht so gemeint war, aber für sie in das eigene Denken übersetzt nur NEIN bedeuten konnte.

Er fühlte sich einfach zu schnell gefragt, war noch nicht ganz hier angekommen gewesen, hatte über Belangloses nachgedacht, als diese Frage kam. Noch immer baute er seine Wortfestung mit Türmen und Gräben um sich herum und bemerkte dabei nicht, wie sein Gegenüber blasser wurde. Endlich kam die Kellnerin zurück.

Auf ihrem Tablett brachte sie einen Kaffee und eine Torte. Sie stellte beides auf den Tisch und drehte sich ohne ein Wort wieder um. Er war empört und rief ihr nach, sie hätte etwas vergessen. Die Kellnerin entgegnete nur, dass sie die Rechnung gleich bringen würde. *Was für eine gute Gelegenheit das Thema zu wechseln*, dachte er. Er holte aus, um über diese unverschämte Frau zu lästern, als er bemerkte, dass der Platz ihm gegenüber leer war. Er sah sich um. *Sie war also einfach aufgestanden und gegangen?* Er wusste im ersten Moment nicht, ob er jetzt wütend, schockiert, oder gar erleichtert sein sollte.

Nun überlegte er kurz und ihm wurde bewusst, dass er nur JA hätte sagen sollen und spürte aufkommende Panik. *Wo war sie hingegangen?* Er fragte den Sitznachbarn. Er beschrieb ihr Aussehen, ihre Augen und wusste sogar noch, was sie heute Morgen angezogen hatte. Antwort konnte der Andere ihm jedoch keine geben. Die Zeitung, so sagte er, sei ihm wichtiger gewesen als irgendein junger Herr, der sich an den Nebentisch gesetzt habe.

Die Kellnerin brachte die Rechnung. Er zahlte sofort, nahm den Kuchen in die Hand und ließ den Kaffee unberührt auf dem Tisch stehen. Der alte Mann vom Nachbartisch fragte, ob er ihn haben könne, und erhielt eine nickende Antwort. Schon trugen ihn die Füße zum nächsten Floristen. 3 Rosen kaufte er dort und eine Karte.

Einen Stift lieh er sich aus und schrieb groß in die Mitte hinein, JA. Den Kuchen legte er dabei neben eine Vase voller dunkler Nelken, wo er auch noch lag, als ihn die Floristin Tage später entdeckte.

Danach rannte er zu dem grauen Wohnblock, in dem sie seit ein paar Jahren lebten. Außer Atem kramte er den Haustürschlüssel heraus, steckte ihn ins Schloss, aber er passte nicht. Er klingelte und flehte: „Lass mich bitte rein, es tut mir leid." Doch eine fremde Frau antwortete, dass er sich wohl in der Tür geirrt habe. Er sah auf die Namensschilder. Er hatte bei der richtigen Wohnung geläutet, aber weder sein, noch ihr Name standen auf dem weißen Schild.

Er verstand das nicht. Ging dreimal um den Block herum, um sich zu vergewissern, aber das war das korrekte Haus in der richtigen Straße. Dann setzte er sich auf die Stufen. Wenn das ein Scherz sein sollte, oder eine Lektion, so fand er diese nun grausam genug. Er holte sein Telefon aus der Tasche. Suchte nach ihrer Nummer: Sprachboxansage. Die Computerstimme wiederholte die Zahlen und er legte auf. Dann rief er noch einmal an und wurde sofort wieder zur Box weitergeleitet. Beim dritten Mal wies ihn die Stimme emotionslos darauf hin, dass diese Nummer nicht existieren würde. Schweiß bildete sich auf seiner Stirn. *Wohin war sie denn gegangen?* Den ganzen Tag holte er aus seiner Erinnerung hervor und ihr Gespräch im Café. Wieder und wieder blieb er an dem Augenblick hängen. *Wo war sie hinverschwunden?*

Er drehte sein Handy in der Hand hin und her. Eine Bleistiftzeichnung, die sie vor Jahren von ihm gemacht hatte, kam ihm in den Sinn. Wie sie den Radiergummi genommen und Teile davon einfach gelöscht hatte. Die getilgten Striche waren nicht gänzlich verschwunden, denn sie hinterließen einen Abdruck, eine Spur auf dem Papier, doch auf den ersten Blick war diese nicht mehr erkennbar.

Er sah ihre Hand mit dem blassen Nagellack, die seine gezeichneten Züge löschte, aber ihr Gesicht konnte er sich nicht in Erinnerung rufen. Er stand auf und ging einfach los. Er überlegte nicht in welche Richtung.

Nun versuchte er sich ihr erstes Treffen vorzustellen, und wie er sie angesprochen hatte, doch es gelang ihm nicht mehr. Er schob es auf seine Angst, die Panik, die auf und abflammte und das im Minutentakt. Er wollte sich so sehr ihr Gesicht vorstellen, aber nichts außer ihren Augen kam ihm in den Sinn. Seine Geldtasche holte er heraus und suchte ein Foto von ihr.
Gestern erst hatte er eine Neue gekauft und bisher nur das Wichtigste: Kreditkarte und Bargeld in diese gesteckt. *Das Wichtigste?* Ihm wurde übel bei dem Gedanken. Um sich abzulenken, rief er seinen einzigen guten Freund an. Doch der musste zugeben die Freundin, von der er sprach, nicht zu kennen. Er wollte ihm ihren Namen sagen und wie lange sie schon zusammen waren, aber er wusste beides nicht mehr. Als sein Freund schließlich fragte, ob er getrunken habe, antwortete er resignierend: "Ja."

Bald stand er vor dem Haus, in dem er früher gewohnt hatte, *bevor ... bevor was eigentlich?* Er wohnte doch immer noch dort. Sein Schlüssel passte auch. Schon nahm er die Treppen nach oben und ging in seine Wohnung. Sobald er wieder eine feste Freundin hätte, das wusste er, würde er hier ausziehen. Sie war einfach zu klein für zwei Menschen. Als er sich an den Küchentisch setzte, war ihm, als würde in dem leeren Stuhl gegenüber etwas fehlen. Das Echo einer jetzt unbekannten Stimme fiel ihm ein, das nicht so leicht aus seinen Gedanken zu wischen war. Er kratze sich am Kopf.

Neben der Kaffeemaschine stand ein umgedrehter Bilderrahmen. Es kam ihm alles so falsch vor. Das Foto hatte er doch weggeworfen, als er umgezogen war. *Aber wohin, er wohnte doch immer noch hier ...* So schnappte er sich den Rahmen und warf ihn in den Mülleimer.. Es fehlte etwas, das wusste er genau. Etwas, jemand, *aber wer?*

Für wen hatte er eigentlich die Rosen gekauft, die jetzt auf seinem Tisch lagen? Er öffnete die Karte. „Ja." stand darin. *Hatte er etwa jemandem einen Heiratsantrag gemacht, oder noch schlimmer einen bekommen?* Immerhin war das seine Handschrift. Ah, sein Freund hatte recht, er musste getrunken haben, wusste er doch auch nicht mehr, wo er heute Nachmittag gewesen war.

Er legte sich hin, draußen dämmerte es langsam. Ein beklemmendes Gefühl saß auf seiner Brust, wie ein Alp, eine Drude[2] aus alten Erzählungen, die er nicht einmal durch seine Ururgroßmutter kannte. Es dauerte lange, bis er einschlafen konnte.

---

[2]Alp und Drude bezeichnen ein Wesen aus dem Aberglauben, das sich Schlafenden auf die Brust setzt, schlechte Träume hervorruft und teils Atemnot.

Mit den Wochen und Monaten verlor diese Emotion an Stärke. Trotzdem erzählte er vorsichtshalber niemandem davon, auch wenn sie immer noch, zwar schwächer, jeden Abend in seiner Wohnung wiederkam. Manchmal fühlte er sich auch verfolgt von einer ungreifbaren Erinnerung und die Rosen, die Drei, ließ er trocknen, stellte sie auf den Tisch mitsamt der Karte. Irgendwie konnte er sich nicht davon trennen, auch wenn er wusste, dass er ihr Rätsel wohl nicht lösen würde können…

Ein halbes Jahr später brachte er eine Eroberung mit in seine Wohnung. Naja, eigentlich hatte sie ihn ja angesprochen und normalerweise sagten ihm andere Frauentypen zu, aber diese: Die hatte etwas.

Er führte sie in die Küche, wollte ihr einen Kaffee anbieten oder sonst etwas, das den Vorwand für den Besuch in seiner Bleibe rechtfertigen würde. Zunächst bot er ihr zumindest den leeren Stuhl an. Sie setzte sich, während er die Kaffeemaschine in Betrieb nahm. Die Blumen fielen ihr sofort auf. „Das müssen einmal Rosen gewesen sein, nicht?", sagte sie. Er machte eine bestätigende Geste, während er eine halbwegs annehmbare Tasse aus einem Schrank kramte. Sie streckte die Hand nach der Karte aus, öffnete sie langsam und las flüsternd. „Ja." und „JA!", sagte er laut, „ein Stück Zucker und schwarz?", dann reichte er ihr etwas aufgeregt und ungeschickt das dampfende Getränk.

Dabei sah er ihr in die grünen Augen, bemerkte, dass sich etwas dahinter verändert hatte und ohne zu wissen warum, sagte er unvermittelt: „Dieses Mal mache ich es besser." und sie antwortete: „Ich auch."

Drei Scherben

Das Papier eines Bonbons wurde vom Wind des ankommenden Zuges davongetragen, erhob sich einige Zentimeter über den Boden und landete dann auf einem roten flachen Schuh der ruhig wartenden Frau, die auf einer der grauen Bänke am Bahnsteig saß. Sie blinzelte, ihr Brustkorb hob und senkte sich, ihre kurzen Haare bewegten sich durch den Luftzug, die Frisur aber blieb unangetastet. Der ältere Mann mit Hut und Stock, der neben ihr Platz genommen hatte, stand auf und stieg in den Zug. Eine kleine Reisegruppe mit schweren Koffern zog an der Bank vorbei, um sich schnell Sitzplätze nebeneinander sichern zu können. Ein Paar verabschiedete sich anschließend küssend voneinander, dann nahm er rasch die Stufen, um seiner Geliebten noch aus dem Abteil zuwinken zu können. Pendler in Anzügen gingen an der Frau auf der Bank vorbei und ein paar Studenten rannten noch schnell zur Tür, um nicht auf den nächsten Zug warten zu müssen. Ein zischendes Geräusch später startete der Singsang der Lock und die Waggons setzten sich wieder in Bewegung, diese wehte schließlich das Bonbonpapier von ihrem Fuß. Ihre Lider blinzelten, der Brustkorb hob und senkte sich, ihr Blick blieb in eine unbestimmte Ferne gerichtet.

Lautsprecheransagen hallten wider. Ein paar Reisende standen ungeduldig abends auf dem Bahnsteig und sahen abwechselnd von der Armbanduhr zur großen Digitalen. Einem fiel die Frau in den roten Schuhen auf. Lässig hatte sie die Beine übereinandergeschlagen, trug eine dunkelblaue Jeans und ein schwarzes Top, das unter der Herbstjacke zu sehen war. Seit den zwei Stunden, die der Zug Verspätung hatte, hatte sie nie eine andere Haltung eingenommen, oder vielleicht etwas gezittert, immerhin hatte sie für die Jahreszeit eine doch luftige Jacke an. Neben ihr wurde der Mülleimer entleert, ein Mann mittleren Alters säuberte mit einem Gerät den Bahnsteig und fuhr gekonnt um sie herum. Er wusste ja, dass sie nicht aufstehen würde, um ihm das Putzen leichter zu machen. *Manche Menschen*, so dachte er stets, *sehen einfach keinen Millimeter über ihre Scheuklappen hinaus*. Der letzte Zug des Abends fuhr ein, ein Schaffner verließ ihn mit einem gekonnten Sprung: *Schichtende!* Die Wartenden stiegen ein und später suchte der eine die ruhige Frau vom Bahnsteig, aber sie war in keinem Abteil zu finden.

Ein paar Tage später hatte derselbe Schaffner Schichtende, stieg aus und sah die Frau auf ihrer Bank sitzen. *Hm … diese braunen Augen und die blonden Haare*, das kam ihm bekannt vor. *Wahrscheinlich fuhr sie öfter mit dem Nachtzug*, dachte er beiläufig, wischte den Gedanken zur Seite und freute sich auf seinen Feierabend. Der Zug setzte sich in Bewegung, hatte ein paar Fahrgäste mitgenommen, sie nicht.

Spätnachts, kühler Wind zog durch den Bahnhof, nahm ein Betrunkener lallend neben ihr Platz, erzählte freimütig seine Lebensgeschichte, die traurig und voller Verfehlungen der Anderen, seiner Exfrau, seiner Kinder, seiner eigenen Eltern, seines Arbeitgebers war. Vertraut sprach er mit ihr, als säße er hier nicht zum ersten Mal, immer wieder sah er in das Gesicht der Blondine und ab und zu schien es ihm, als würde sie zustimmend nicken. Das gefiel ihm. Bevor er seine *einzige Freundiiiiin auf der We…Welt* verließ, tätschelte er ihr Knie, bedankte sich fürs Zuhören und schlief bald schnarchend auf einer der anderen Bänke ein. Am Morgen war er verschwunden, vermutlich nach Hause gegangen, weil es doch unangenehm kalt hier war.

Eine Mutter mit ihrem vierjährigen Sohn kam an den Bahnsteig. In fünf Minuten würden sie nach Hause fahren können. Sie zog einen blauen Koffer hinter sich her, der Junge kletterte auf die Bank, stieß versehentlich am Bein der Frau an und sagte selbstbewusst: „Entschuldigung." Da die Blondine auf der Bank nicht antwortete, sagte er noch einmal „Entschuldigung …" „Entschuldigung, Entschuldigung, Entschuldigung." Weil immer noch keine Reaktion kam und seine Mutter gerade damit beschäftigt war ‚die Fahrkarten aus der Handtasche zu kramen, stupste er vorsichtig mit seinem Zeigefinger die Wange der Fremden an.

Eine Lautsprecheransage tönte durch die Luft, der Junge schreckte zurück und hüpfte schnell von der Bank herunter zu seiner Mutter. „Mama, Mama … die Frau is… ist tot.", sagte er laut. Seine Mutter schreckte hoch. Ein paar Leute drehten sich zu ihnen um, da es aber anscheinend nichts Interessantes zu sehen gab, vertieften sie sich bald wieder in Gespräche und Gedanken. In dem Moment hob die Frau auf der Bank ihre Hand, sah auf ihre schwarze kleine Armbanduhr, fünf vor neun war darauf zu lesen und senkte sie wieder, um erneut in ihre vorherige Position zurückzukehren. Die Mutter zog ihren Sohn an sich heran und zischte: „Schhh, so was sagt man nicht, außerdem hat sie sich gerade bewegt und … und Tote tun so das nicht, die sitzen auch nicht auf Bänken am Bahnhof, verstanden?" Der Junge nickte und verabschiedete sich höflich von allen Anwesenden, als sie in den Zug einstiegen.

Ein Pendler im Anzug saß an einem anderen Nachmittag neben ihr, Samstag war es. Er würde nicht in sein Wochenende starten, ohne einen Flirtversuch, das hatte er sich vorgenommen. Immerhin kam er ja nicht zum ersten Mal neben ihr zu sitzen und irgendwie gefiel sie ihm.

Die Frau blinzelte, ihr Brustkorb hob und senkte sich, ihm war, als würde sie seufzen. Er sah eine kleine Uhr an ihrem Handgelenk und bemerkte, dass sie fünf vor neun anzeigte. *Eine gute Gelegenheit ein Gespräch zu beginnen*, dachte er und machte sie nett darauf aufmerksam, dass ihre Uhr stehen geblieben sein musste. Sie sagte nichts. Er wiederholte, denn vielleicht hatte sie ihn nicht verstanden, immerhin wartete nebenan eine nicht gerade leise Schülergruppe auf ihren Weg zur Sportwoche. „Wussten sie, dass ihre Uhr stehen geblieben ist?", fragte er etwas unsicher noch einmal, aber Antwort bekam er keine, ihm war sogar, als würde sie ihn ganz bewusst ignorieren. Tatsächlich fand er jetzt seinen Flirtversuch etwas zu dreist: *Wer ließ sich schon gerne von Fremden auf die Hände schauen?* Und so war er froh, der Stille entfliehen zu können, als die Waggons vor ihnen hielten.

In den folgenden Wochen fiel ihm auf, dass sie immer mit denselben Zügen wie er selbst fahren musste, da sie stets da war und wartete, wenn er es tat, aber nach einem erneuten Kontaktversuch begann er sie ebenso zu ignorieren. *Immerhin hatte er es nicht nötig um ein Gespräch zu betteln, so hübsch war sie dann auch wieder nicht! Und außerdem trug die immer dieselben Sachen, vermutlich eine Verrückte*, dachte er …

Eines Abends setzte sich ein Student neben sie, Psychologie studierte er und seit einiger Zeit war ihm aufgefallen, dass hier eine offensichtlich interessante Frau saß, die nie in den Zug einstieg, mit dem er fuhr. Zudem trug sie sicher seit zwei Monaten immer die gleichen Kleider und sie sprach nie mit jemanden, auch nicht mit dem Mann, der ihre letzte Woche die Tasche stehlen wollte und dabei kläglich gescheitert war.

Obwohl die Tasche auf ihrem Schoß lag und sie nur eine Hand locker darauf gelegt hatte, war es ihm nicht gelungen, sie schnell im Vorbeigehen zu entreißen.

Er hatte sie heute schon den ganzen Tag beobachtet, ihr Brustkorb hob und senkte sich, um fünf vor neun sah sie einmal auf die Uhr. Er hatte sich zwischendurch etwas zu Essen geholt und das WC aufgesucht, aber sie schien in der ganzen Zeit kein einziges Mal aufgestanden zu sein, obwohl er das ja leicht hätte übersehen können. Schließlich hatte er sich ein Herz gefasst, die Frau schien ein spannender Fall zu werden und vielleicht würde er ihr ja mit seinem bisher angeeignetem Wissen sogar helfen können. „Geht es ihnen gut?", fragte er vorsichtig. Es war ihm, als hätte sie genickt, oder kam ihm das nur so vor? „Wollen sie reden, brauchen sie Hilfe?", fragte er etwas übereifrig, schalt sich in Gedanken dafür und wartete dann schweigend ab. Nur sie blieb stumm und er verlor irgendwann dann doch die Geduld. Dass sie aber eine Störung haben musste, schien ihm offenkundig zu sein. Allerdings bekam er zwei Tage später ein Auto geschenkt, musste nicht mehr mit dem Zug fahren und vergaß die eigenartige Frau im kommenden Lernstress völlig.

Touristen fiel sie manchmal auf, viele Reisende bemerkten sie flüchtig und strichen die „Begegnung" danach schnell wieder aus der Erinnerung, denn wie könnte auch jemand auf die Idee kommen, dass eine andere Person jahrelang auf der gleichen Bank, am selben Bahnsteig verweilen könnte und nie aufstehend, sich nicht die Beine vertretend, ohne Getränke und Nahrung auskommend, aber trotzdem lebendig erscheinend?

Der Student, mittlerweile fertig geworden und den Namen mit Titel geschmückt, stieg in den Zug ein, setzte sich, und als er nach draußen sah, stockte ihm kurz der Atem …
Da saß die Blondine! Aber neben ihr wartete eine auf den Zug, die die gleichen Gesichtszüge hatte, die Augenpartie und die Mundwinkel stimmten überein, nur hatte die Frau mehr feine Fältchen im Gesicht, ein paar Kilo mehr auf den Rippen und braunes schulterlanges Haar. Es sah aus, als sitze dort ihre ältere Schwester in eine Zeitung vertieft. Die spürte den Blick des Fremden aus dem Waggon und sah zu ihm hinüber.

Das Papier eines Bonbons wurde vom Wind des abfahrenden Zugs davongetragen, erhob sich einige Zentimeter über den Boden und landete dann auf der Spitze eines roten flachen Schuhs, der zu einer neben ihr wartenden blonden Frau gehörte. Sie blinzelte, ihr Brustkorb hob und senkte sich, ihre kurzen Haare bewegten sich etwas durch den Luftzug, die Frisur aber blieb unangetastet. Ihr Blick war in eine unbestimmte Ferne gerichtet, lange schon, doch plötzlich drehte sie den Kopf und starrte die Frau neben sich unverhohlen fordernd an.

Der Zug war weg, sie wollte sich wieder der Zeitung widmen, da spürte sie erneut, wie sie jemand ansah. Sie erwiderte den Blick und sprang plötzlich von der Bank auf. „Was zum…" schrie sie nach Luft ringend, die Frau musternd, sich panisch umsehend. Sie waren allein auf dem Bahnsteig und Hilfe somit nicht zu erwarten. Aber Hilfe wofür, oder wogegen? Die Blondine stand auch auf, ging nun auf sie zu, langsam, als hätte sie viel zu lange gesessen, müsse erst wieder Herr ihrer Glieder werden und nickte nur. Sie nickte unwillkürlich zurück und dann wusste sie es.

Ohne lange nachzudenken, schlug sie der Blonden ins Gesicht, die taumelte, fiel über den Bahnsteig auf die Gleise und zerbarst dort in unzählige Scherben, wobei einige vor ihre Füße sprangen.

Die Braunhaarige steckte sie ein, schnitt sich an einer und der Rest zerfiel danach zu Asche. Sie summte, lachte ein wenig verlegen, lachte laut, verlor spontan eine Träne, atmete ganz tief ein und holte anschließend ein Pflaster aus ihrer Handtasche, um die kleine blutende Wunde zu versorgen...

Ihr Zug kam, sie stieg ein, auf ihrem Sitzplatz angekommen schüttelte sie sich ein bisschen, als wäre sie gerade mit etwas übergossen worden und dachte zurück an einen Tag vor fünf Jahren, als sie hier auf der grauen Bank gesessen hatte, die Haare blond gefärbt, in ihren neuen Schuhen, der braunen Herbstjacke und sie erinnerte sich daran, wie sie beschlossen hatte einzusteigen und alles, was sie ausmachte, alles, was bisher gewesen war, einfach hier auf dem Bahnsteig zurückzulassen, um ihr Leben neu ordnen zu können. Es hatte tatsächlich funktioniert, sie, ihr altes Ich, war hier geblieben! Nur offensichtlich hatte sie dabei doch ein paar Dinge nicht abschütteln können und die hatten auf sie gewartet, bis sie bereit war, sie endlich abzuholen.

Tagwandler

Autos, Straßenbahn, Asphalt, Lärm, Geräusche, irgendwo
leise, unbedeutend ein Vogelstimmchen und Menschen
dort, Menschen hier, mit Handys und Aktentaschen, die
Blicke geradeaus und vorbei an den anderen, bloß kein
Kontakt, Blickkontakt oder Gespräch, dafür hat keiner
Zeit. Jeder scheint in Eile, hat Stress oder simuliert ihn.
Sie sehen gleich aus, aber individuell sind ihre Gesichter,
ihre Kleider, ihre Geschichten, Ängste und Weisheiten.
Sie sind verschieden und doch identisch, freilich fremd
bleiben sie ihm. Auch wenn er zwischen ihnen wandelt,
geht, gehetzt einem Termin nachläuft und kurz gesehen,
oberflächlich wahrgenommen nur einer von ihnen ist.

Ein typischer Tagwandler, der Alltagsgrau kennt und
hinnimmt. Sein Leben irgendwie durchzieht, Träume sich
nicht leisten kann, aber Wünsche hat, die käuflich zu
erwerben sind. Er ist ein Mensch, ein Mann, hat diese
Kurzweilwetterbekanntschaften, die vielleicht tiefer
gehen könnten, könnten ... Nur einen einfachen
unauffälligen Haarschnitt trägt er, aber doch eine etwas
gewagte Krawatte, die trotzdem selten bemerkt wird. Er
arbeitet, verdient Geld, hört Musik und sehnt sich
tagsüber nach ..., eigentlich mag er's nicht zugeben und
verdrängt es auch, was nicht schwerfällt bei einem vollen
Terminkalender. Ein typischer Tagwandler ist er, solange
die Sonne scheint, Gespräche geführt und Geld verdient
werden muss, um Mieten zu bezahlen und ab und an
Essen, oder ins Kino zu gehen ...

Schattenreich, die Sonne ist untergegangen ...

Er streift seine Haut ab, atmet die kalte Luft ein und lächelt seltsamerweise. Aus seinem Bau treibt es ihn heraus, wach ist er endlich geworden, wenn eigentlich die Zeit zum Schlafen, Ausruhen, Kräftesammeln ist. Er könnte heulen, fühlt sich wölfisch behaart, zieht durch die dunklen, fast leeren Gassen und spürt sich wohl geborgen und viel zitiert frei.

Den letzten Tagwandlern weicht er aus, bewegt sich geschickt in den Schatten noch scheinbar ohne Ziel, aber dann ... Er bleibt stehen. Elektrisches Licht blendet und er verflucht fauchend die Laterne, die dem Mond seinen Platz streitig macht und wartet ... horcht ...Sie ruft ihn! So bestimmt und fordernd, doch freundlich und ohne drückenden Zwang. Den Weg zu ihr wird er finden, wie jede zweite Nacht. Es riecht nass, es muss geregnet haben. Vermutlich am frühen Nachmittag, er hat es nicht gesehen. Auge und Hand waren an die Tastatur gefesselt, den Bildschirm, der keine Zeit für das Fenster hat. Jetzt ist der Geruch sein wichtigster Sinn. Er kann sie riechen. Ihren Blumenduft, der auch an Teichwasser erinnert. Sein Gang wird schneller, er muss hinaus aus der Stadt, rasch die langen Wege überwinden und im nahen Wald ankommen. Sie ruft ihn ...

Denn sie hat ihren Weg schon hinter sich gebracht. Hier besitzt sie keine Tür, braucht sich nicht einzuschließen, Furcht zu pflegen und dabei die Nachrichten zu schauen. Ihr Weg durch die leer werdenden Gassen geschah bereits bei Dämmerung.

Barfuß glitt sie über den Asphalt, als berührte sie ihn kaum und es war ihr, als würde sie tanzen, keinen schweren schnellen Schritt mehr führen, der auch ihre Tage prägt. Die Straßen erschienen ihr Flüssen gleich, denen sie folgte, zu deren Ursprung sie sich aufmachte, wie jede zweite Nacht. Eine letzte surrende Laterne, dann wurde es stiller und sie trat zwischen die ersten Bäume, auf bald moosigen Grund. Auch sie zog es zu den schützenden Steinen, dem kalten, vertrauten Fels, der Höhle, die sie tags recht gruseln würde, nachts jedoch nur eine der vielen Schattierungen der wohligen Dunkelheit barg.

Bald wird er bei ihr sein. Sie weiß es, sie spürt seine Schritte auf dem Waldboden, fühlt seinen Atem, sein Nahen und genießt noch die Zeit allein.

Schattenreich, die Sonne ist nur noch Erinnerung...

Im Dunkel sieht er die Felsen, das Moos. Er verlangsamt seine Pfoten, die ihm plötzlich wieder Füße sind. Die fernen Stadtgeräusche werden laut, er spürt den abgelegten Anzug, die Aktentasche mit dem Telefon zu Hause liegen, ihm Vorwürfe machen, kennt wieder Angst und fragt sich, was er hier eigentlich macht. Schlaf braucht der Mensch, um zu funktionieren!

Nur ein kurzer Gedanke, ein flüchtiger Zweifel, dann siegt das Wölfische erneut und nun rennt er ihr entgegen, die letzten Meter springt er über Steine und weiß, wo die Wurzeln liegen, die gerne Tagwandler zu Fall bringen. Sein Atem zeichnet sich weiß gegen den Himmel ab.

Ihr Geruch, ihr stimmenloses Rufen, ist ihm nun Licht allein. Da sitzt sie auf dem Boden, eine schwarze Gestalt vor dem Eingang. Tiefes dunkelgrünes Nass riecht er auf ihren Schultern trocknen und der Teichliliienduft ihrer Haare vertreibt den letzten Rest seines Tagseins. Sie weiß, dass er angekommen ist, und spürt schon sein Fell unter ihren Fingern.

Es bedarf hier keiner Worte, keiner Begrüßung, die eigenen Sinne erzählen genug. Fell und Haut, die Steine, das Moos erwärmen sich, Nebel, Dampf, bald Hitze erfüllt die kleine Höhle. Zärtlichkeit zwischen uralten Felsen, die einst Gebirge waren und für Augenblicke spüren beide diese wilde Zeit nach.

Der Granit, der ihre Hitze aufgenommen hat, erkaltet langsam wieder. Beide wissen, sie sind sich treu geblieben und werden es wieder sein. Langsam verlöschen die letzten Sterne, verblasst der Sichelmond. Der Morgenwind findet seinen Weg durch den Wald. Die ferne Stadt regt sich bereits, streckt ihre Krallen aus, wie ein Untier im Halbschlaf. Es riecht nach Abschied. Ihr Duft verblasst. Er hat das Heulen bereits verlernt und fast hätten sie *bis bald* gesagt …

Autos, Straßenbahn, Asphalt, Lärm, Geräusche, irgendwo leise und unbedeutend ein Vogelstimmchen im Hintergrund aus dem fernen Wald und Menschen dort, Menschen hier, mit Handys und Aktentaschen, die Blicke geradeaus und vorbei an den anderen, bloß kein Kontakt, Blickkontakt oder Gespräch, dafür hat doch keiner Zeit…

Der Kundschafter

Zu einem Militärarzt zu gehen hätte er niemals gewagt. Das lag keineswegs an seinem Stolz, sondern vielmehr an der Angst vor dem, was er ihm bestätigen würde und eigentlich nicht sein durfte. Auch hatte er es mit der Furcht zu tun als Versuchskaninchen zu enden, käme heraus, was mit ihm geschehen war.

Er drehte sich unruhig von einer Seite auf die andere seines Lagers. Die Dorfbewohner hatten ihn ja gewarnt, aber er hatte gemeint, sie würden nur Terroristen oder diese Abtrünnigen schützen wollen. Er hatte nur verständig gelächelt, genickt und war ein paar Tage später mit etwas Proviant ausgerückt, um seine Arbeit zu tun. Kundschafter war er, ein wirklich Guter. Er hatte schon viele Ziele für Luftangriffe melden können. Was danach mit diesen Zielen, also den Menschen, Kämpfern, Rebellen geschah, war ihm nie wichtig gewesen. Er hatte seine Arbeit gemacht, gut dafür bezahlt bekommen und außerdem versuchte er die Zivilisten herauszuhalten! Mehr konnte man nicht von ihm erwarten. Immerhin war er bemüht darum Unbeteiligte zu schützen, obwohl diese oft genug nicht einsehen konnten, dass man diese Organisation zerschlagen musste, um ihr Land zu befreien!

Seit Monaten hatte er sich nicht mehr bei seinem Vorgesetzten gemeldet. Wahrscheinlich wurde er für tot gehalten und wenn nicht: Ein Suchtrupp war zum Glück viel zu riskant. Er hatte eine gute Tarnung. Die Menschen hier glaubten, dass er einer von ihnen war und obwohl er es hasste, schlief auch er in einer dieser Hütten und hätte sich einmal fast verheiraten lassen.

Vielleicht wäre das besser gewesen, als das hier? Er hielt sich den Bauch. Dann stand er mühsam auf und ging nach draußen, um sich zu erleichtern. Schade, das karge Essen hätte ihm sicher gut getan, ihm und … Ah, er wünschte sich an der Wahrheit seiner Geschichte zweifeln zu können, doch konnte er es nicht, dazu war sein Verstand zu scharf und das Gefühl, das sich jetzt immer stärker meldete, zu eindeutig.

Ob die Bewohner dieses Dorfes es wussten, es ahnten? Er schob das Ganze auf eine Krankheit und zum Glück wussten sie nicht, dass er in der Schlucht gewesen war, dass er zwischen den kargen Felsen diesen Eingang gefunden und ihn für das gesuchte Versteck der Rebellen gehalten hatte. Aber ein Terrorist war nicht zu erspähen gewesen und so hatte er sich langsam vorgewagt, war die in den Felsen gehauenen Treppen hinaufgegangen und hatte jeden Schritt bedenkend, doch etwas aufgeschreckt. Zum Fliehen war damals keine Zeit mehr gewesen, er machte sich bereit die vermeintliche Wache auszuschalten. Fast hätte er sie damals mit seiner schallgedämpften Waffe erschossen. Heute war er sich jedoch sicher, dass man sie durch Kugeln nicht einfach töten konnte, denn sonst hätten das die Einheimischen sicher schon vor Jahren getan.

Langsam kehrte er wieder in die Hütte zurück, schloss die Tür hinter sich und dachte erneut an sie. Diese halb nackte Frau, die unvermittelt vor ihm gestanden hatte. Die Frau, die sie hier mit einem Wort bezeichneten, dass er sich stets als Dämonin übersetzte. Genau wusste er allerdings nicht, was dessen Bedeutung war. Das war nicht mehr wichtig, er hätte an den Namen denken sollen, als er sie traf.

Angeekelt war er, als sie den einen jungen Mann bei seiner Ankunft im Dorf getötet hatten. Weshalb wollte er damals von einem der umstehenden Männer wissen, aber mit der Antwort konnte er wenig, bis nichts anfangen. Er sei bei *ihr* gewesen, viel mehr erfuhr er auch später nicht, denn über den Ermordeten und *Sie* wurde kaum ein Wort gewechselt, weil, das ließen sie ihn zumindest wissen, das Unglück brächte.

Nie durften sie erfahren, dass auch er diese Höhle betreten hatte. Ah, aber *wieso hätte er sich vor dieser Frau fürchten sollen?* Sie sah so normal aus, als sie danach ihre Füße über der Schlucht baumeln ließ und die vergehende Sonne betrachtete. Sie hatte ihn angelächelt unter ihren zerzausten Haaren, die dieselbe Farbe besaßen wie der Sandstein der Schlucht. *Wieso hatte er sich eingeredet, sie wäre eine vergessene Sklavin in einem alten Rebellenlager?* Sie war viel zu wohlgenährt für diese Gegend und viel zu selbstsicher, als dass sie wirklich so jemand hätte sein können. Außerdem hatte er nie in Erfahrung gebracht, dass die Rebellen Frauen entführten, auch wenn die Mentalität hier ihnen gegenüber alles andere als in Ordnung war. Naja, ihm war das eigentlich Einerlei, aber er hätte diese Dinge bedenken müssen.

Auf seinem Lager drehte er sich um, konnte wieder nicht einschlafen. Er wusste ja, dass er sie in den Träumen wieder sehen würde, dass sie ihn fragen würde, warum er nicht zu ihr käme, denn es wäre längst Zeit. Ah, er war wütend auf sich selbst und richtete sich erneut mühsam auf. *Warum hatte er nicht an seine Freundin zu Hause gedacht?* Nur ein One-Night-Stand, mehr war das für ihn nicht. Diese Frau, die Dämonin, entsprach nicht seinem bevorzugten Beuteschema, ein zu erdiger Typ Frau, der raue Hände hatte. Obwohl, wirklich hässlich war sie ja nicht und immerhin …

Ach, er hatte so lange keine Brüste mehr gesehen gehabt und dann, ja, sie hatte ihn ja förmlich dazu aufgefordert, als sie in das Innere der Höhle gegangen war und sich dort auf einen dieser alten gewebten Teppiche gelegt hatte. Er wusste nicht, warum, aber sie sahen, für ihn im ersten Moment wie Opfergaben aus.

Ja, jetzt fiel ihm ein: Einer der Dorfbewohner hatte es erwähnt. Früher wurden ihr Geschenke gemacht, bevor der Glaubensvorsteher gekommen war und verboten hatte, einer Frau zu huldigen… *Einer Frau?* Das war keine Frau, auch wenn sie sich wie eine angefühlt hatte und er Monate gebraucht hatte, um zu begreifen, dass sie es nicht war.

Wie sie das anstellte, wusste er nicht, aber es verging keine Stunde, seit etwa zwei Wochen, in der er sie nicht vermisste, in der nicht jede Faser seines Körpers von ihm einen Aufbruch verlangte, um endlich wieder in ihren Armen zu liegen, sie zu küssen, und obwohl er sich dafür hassen müsste, tat er es nicht. Sein einziger Widerstand bestand in dem Versuch nicht zu schlafen, aber sie brauchten den Schlaf. Er und…

Er war schließlich doch eingenickt, aber bevor die Träume kommen konnten, weckte man ihn. Der Dorfälteste hatte nach einem Arzt geschickt, da man ihn hier nicht sterben lassen wollte. In vier Tagen würde er ankommen und man sagte ihm, dass er durchhalten solle. Langsam war es ihm, als vergesse er seine Muttersprache, zu sehr wurde diese täglich Gegenwärtige zu seiner und eine Andere, Ältere wallte durch sein Blut. Diese fremden Worte stammten aus seiner Bauchhöhle, welche es vor dem Besuch bei ihr nicht gegeben hatte. Es war die Sprache der Dämonin und jene des Kindes, das er austrug.

Er, ein Mann, der seiner Freundin gesagt hatte, dass er noch keinen Nachwuchs haben wolle, bekam selbst ein Kind, was ihn zur Zielscheibe machte. Die Gefahr ging weder von der Dämonin, noch von dem Embryo aus, den er abgöttisch liebte, auch wenn er große Angst vor dem Tag hatte, an dem er geboren werden würde. Denn er wusste nicht wie, sein Körper war doch für so etwas nicht geschaffen worden, geschweige denn geeignet.

Die Haut spannte, *wieso hatte sie ihm das angetan?...* Ihm und vermutlich all den Männern, die sie besucht hatten. So viele hatte das Dorf schon an sie verloren, das wusste er mittlerweile aus abgebrochenen Sätzen und Unterhaltungen, doch war er nicht sicher, ob diese Morde wirklich gerechtfertigt waren. Lange würde er sich jedenfalls nicht mehr verstecken können, der Arzt würde es feststellen, ihn dann entweder in die Hauptstadt als Kuriosität verschleppen oder ihn gleich töten lassen. *Was würde dann aus seinem Kind?*

Wieder war er unruhig in den Nächten und nur Wasser konnte er bei sich behalten. Er schwitze wirklich, als sei er krank...als sei er krank...er war nicht krank, denn sein Körper wehrte sich nur manchmal gegen den ungewöhnlichen Gast. Ein Gast war das Kind und er hatte das Gefühl, dass es ein Mädchen sein würde.

Die nächsten Tage vergingen im Großen und Ganzen ereignislos, morgen würde der Mediziner kommen und er hatte noch keinen Plan. Zusammengekauert saß er in einer Ecke des Dorfplatzes, nahe am Brunnen. Auch wenn das schlammige Wasser längst nicht so gesund sein konnte, wie das, was er noch in seinen Flaschen übrig hatte, schmeckte es ihm und seinem Bauch besser.

Von seiner Position aus sahen ihn die beiden Frauen, die zum Wasserschöpfen gekommen waren, nicht, und so wurde er, dieses Mal ungewollt, zum Mithörer eines Gesprächs.

„Sie kann ihn nicht krankgemacht haben, weil er nicht bei ihr war.", meinte die Jüngere der Beiden ernst. „Doch, das war er … Die hat ihn verhext, ich bin mir sicher und der Arzt, der kommt, wird es euch sagen.", entgegnete die Andere und fügte in besorgtem Ton hinzu: „Hoffentlich ist es dann nicht zu spät ihn zu töten." Die Jüngere machte eine relativierende Handbewegung, antwortete leichthin: „Ah, das ist es nie." Dann hielten sie inne, als würde jemand nach ihnen rufen, und verließen ohne Zögern in schnellem Tempo den Platz.

Er musste endlich hier weg und es gab nur zwei Wege, die fortführten. Der eine war eine Meldung mit seinem Funkgerät, das er immer noch bei sich trug, aber was würde er seinen Kameraden sagen, seinem Vorgesetzten, niemand würde ihm glauben… nein, das war zu gefährlich. Er holte sich noch einmal das schlammige Wasser aus dem Brunnen, trank, soviel er konnte und wartete bis zum Einbruch der Nacht. Dann schlich er sich aus dem Dorf, so gut es eben ging, vorbei an dem Hinrichtungsplatz, eigentlich nur einem Stein, dem man aber ansah, dass viele Köpfe dort ihren Besitzern genommen worden waren.

Zu seiner Überraschung erwartete sie ihn bereits am Schluchteingang. Er fand sie sofort unglaublich schön und bemerkte erst jetzt, wie seine Sehnsucht ihm Kraft gekostet hatte, die er für das Kind gebraucht hätte. Er fiel vor ihr in den Sand, schlief ein. So blieben ihm die Schmerzensschreie des Mannes, der ihm gefolgt war, verborgen. Größere und kleine Felsbrocken lösten sich von einer nahen Steinwand, wurden zu gelenkten Geschossen, die seinen Verfolger verletzten und schließlich erschlugen.

Danach schüttelte die Dämonin nur den Kopf und schien zu bedauern, dass sie wieder einem Mann das Leben hatte nehmen müssen, anschließend brachte sie ihn in ihre Höhle.

Zum ersten Mal seit sieben Monaten schlief er ruhig und erwachte erholt. Sie saß neben ihm, lächelnd. Er setzte sich auf. Für einen Moment hatte er den Wunsch wegzulaufen, verwarf diesen Einfall jedoch sofort wieder, denn diese Handlung würde das Kind und ihn sicherlich töten. Sie kam noch näher, zog ihm das T-Shirt aus und strich mit ihren rauen Fingern zufrieden über seinen Bauch. Er spürte wie sich das Kind aufgeregt bewegte. Dann fühlte er Wärme, die sich über seinem Bauch ausbreitete.
Die Dämonin flüsterte beruhigende Worte, die vermutlich mehr ihm galten, denn eine Zauberformel waren, die das Folgende in Gang setzte. Als er sie ansah, bemerkte er zum ersten Mal, dass auch ihre Zähne erdfarben waren.

Er legte sich auf den Rücken, wusste instinktiv, dass das die beste Lage war. Dann begannen sich die Zellen seiner Bauchdecke zu trennen, die sonst so feste Verbindung wurde brüchig und es öffnete sich langsam ein Spalt. Das geschah ohne jegliche Verletzung, ganz ohne Blut weitete sich der Spalt immer mehr und gab einen Blick auf das Kind, das in einen durchscheinenden Kokon gehüllt war. Er spürte keine Schmerzen, genau genommen fühlte er auch seinen Körper nicht mehr.
Ein Rausch hatte sich seiner Sinne bemächtigt, sein Bewusstsein ging auf eine Reise: Er sah die Schlucht, als noch ein Fluss sie formte, er sah Geschenke und Männer, die wie er hier in dieser Höhle lagen. Die Dämonin war plötzlich wieder über ihm und holte das Kind aus seinem Bauch behutsam hervor. Dann brach sie den Kokon auf, es klang als würde Glas bersten.

Er sah sein Kind nur kurz, bemerkte, dass es keine Nabelschnur hatte und ein Mädchen sein musste und ungewohntes Glück ging durch seine Adern. Kurze Zeit später schloss sich die Bauchdecke wieder und er weinte, weshalb konnte er sich nicht erklären.

Die Dämonin kümmerte sich nur um das Kind, er hatte Angst, dass sie es verspeisen würde, so wie eine alte, schon leicht demente Dorfbewohnerin ihm einmal zugeflüstert hatte. Doch sie hatte nichts dergleichen vor. Irgendwann stellte sie ihm einen Becher Wasser hin, er setzte sich behutsam auf und wunderte sich, dass das so einfach ging. Leichte Kopfschmerzen plagten ihn, als hätte er gestern Abend etwas zu viel Wein erwischt, aber sonst fehlte ihm nichts außer vielleicht noch einem flauen Gefühl in der Magengegend. Er trank den Becher leer und versuchte erneut das Kind zu sehen, das sie inzwischen in einige alte Tücher gewickelt hatte. Er hätte es viel lieber in modernen Windeln liegen gesehen, in einem Krankenhaus, da kam es ihm besser, hygienischer vor, doch er wusste, dass das Unsinn war. Dort hätte die Geburt ihnen beiden vermutlich geschadet, wenn nicht das Leben gekostet.

Nun setzte sich die Dämonin neben ihn, übergab ihm das Neugeborene und begann mit ihren Lippen Laute und Silben, schließlich Worte zu formen, die in keinem Lexikon zu finden waren, ihm jedoch durch das Kind geläufig waren. Sie erzählte, dass es vor langer Zeit viele Frauen ihrer Art gegeben hätte und dass das auch bald wieder so sei, denn mit dieser Tochter würde es beginnen.
Dabei lächelte sie milde und kraftvoll zugleich. Auch ihre Augen waren erdfarben und wirkten trotz aller Freundlichkeit steinern und kalt.

Danach bat sie ihn nicht, sie verlangte von ihm das Kind zu versorgen und ihm so viele Gebirge wie möglich zu zeigen. Nach elf Sonnenläufen müsse er es wieder zu ihr bringen, sagte sie ernst. Er schüttelte den Kopf, denn das hieß die sichere Schlucht verlassen, mit dem Kind in den Armen in das Dorf zurück gehen! Die Menschen dort, so fürchtete er, würden wissen, was das für ein Wesen war und keine Gnade zeigen.

Er sprach seine Bedenken aus. Zudem klang, was sie verlangte, so, als solle er sie sofort wieder verlassen, was er nicht wünschte, zu geborgen hatte er sich bei ihr gefühlt. Er wollte so gerne wieder ihre Umarmung spüren, aber sie wies ihn ab. In der Ferne hörte er polternden Lärm, ein gewaltiger Felssturz musste diesen verursacht haben, womit das Dorf und dessen Einwohner wohl kein Problem mehr darstellen konnten. Sie nickte ihm zu, er sah sie ungläubig an und nach einer kurzen Pause argumentierte, flehte und forderte er weiter. Trotz seiner Bitte bleiben zu dürfen -hier hätten sie doch, was sie für eine glückliche Familie bräuchten- blieb sie abweisend und wurde bald gefährlich wütend, bis er endlich ging. Er setzte einen Fuß vor den anderen, meldete sich über das Funkgerät, bat um eine Abholung und ging in das Dorf zurück.

Das war nahezu vollkommen zerstört worden. Nur einige wenige Bewohner hatten überlebt, einige Jugendliche und Kinder. *War diese Dämonin wirklich das personifizierte Böse?* Er schickte die Verstörten und Verängstigten trotzdem zu ihr, weil es ihm in dem Moment richtig erschien. Auch gab ihm der Felssturz eine wunderbare Gelegenheit das Kind seinen Vorgesetzten zu erklären.

Wieder zurück in seiner Heimat angekommen, ließ er sich auf unbestimmte Zeit beurlauben, was man ihm gerne gewährte, hatte doch ein psychologisches Gutachten gezeigt, dass er ohnehin nicht mehr dienstfähig war. Zumindest für den Moment, denn gerne ließ man so eine gut ausgebildete Kraft nicht gehen.

Das „Findelkind" stellte er zu Hause seiner wenig begeisterten Mutter und noch weniger amüsierten Freundin vor, die lange seiner Rückkehr geharrt hatte. Sie war auch nicht die ganze Zeit über treu gewesen, doch stand Zorn beim Anblick des Kindes ihr unmissverständlich ins Gesicht geschrieben. Sie glaubte keine Sekunde, dass das nur ein Mädchen wäre, das sein Herz gerührt habe, dafür sah es ihm viel zu ähnlich. Er nutze gleich die Gelegenheit sich von ihr zu trennen und hätte er es nicht zuerst ausgesprochen, so hätte sie es getan.

Er zog mit seiner Kleinen in eine andere Stadt, nicht weit weg von Bergen und er fuhr mit ihr jedes Jahr so oft es ging zu anderen Gebirgszügen, die sie in Freude ausbrechen ließen, als hätte man einem anderen Kind das lang ersehnte Spielzeug geschenkt. An sich war sie sehr genügsam. Wasser blieb ihre wichtigste Nahrungsquelle, auch wenn sie, nur ihrem Vater zuliebe, gelegentlich das eine oder andere Gericht zu sich nahm. Ein paar Jahre später ließ er sie zur Schule gehen. Er wollte, dass sie Lesen und Schreiben lernte, seine Sprache, mit der sie sich stets schwer tat und schlussendlich sah er sie in seinen Tagträume schon auf eine Universität gehen, denn zurückzubringen wollte er sie nicht mehr. Die anderen Kinder reagierten sehr unterschiedlich auf sein Mädchen. Die Einen fürchteten sie, die Anderen vergötterten sie und bei den Lehrern verhielt es sich nicht anders.

Nach elf Sonnenläufen wurde sie jedoch zunehmend schwieriger, sie interessierte sich absolut nicht mehr für das Lernen, hatte schlechte Noten, schlug ein anderes Mädchen, wurde verwiesen und blieb schließlich ganz bei ihm zu Hause. Die Berge, die Flüsse schienen sie zu rufen. Er hatte Angst um sie. Einige Male war sie weggelaufen und er hatte sie erst nach langem Suchen mit teilweise polizeilicher Unterstützung wiedergefunden. Meist fand man sie -den Steinen lauschend, wie sie sagte- viele Kilometer von ihrem gemeinsamen zu Hause entfernt.

Auch begann seine Tochter unangenehme Fragen zu stellen. Sie wollte plötzlich wissen, ob es nicht Zeit wäre sie anderswohin zu bringen. Sie meinte oft, dass sie doch spüre, wie jemanden nach ihr greifen würde, dem sie ähnlicher sei als ihm. Einige Jahre hindurch blieb er standhaft. Er hatte ihr nie von ihrer Mutter erzählt und sie fragte fast täglich danach, bis er das Ausflüchtesuchen leid war und nachgab.

Kurz nach ihrem fünfzehnten Geburtstag buchte er einen Flug und nach langer, langer Autofahrt kamen sie in das wiederaufgebaute Dorf. Als sie ausstiegen, strömte ihm im ersten Moment eine gewisse Feindseligkeit und Kampfbereitschaft entgegen, was ihn hoffen ließ, dass seine Tochter sofort wieder zurück würde wollen, aber die Stimmung änderte sich schnell, weil einige junge Frauen ihn wiedererkannten als den Mann, der nach der Katastrophe mit einem Kind auf dem Arm aus der Schlucht gekommen war. Sie waren nun freundlich zu ihm und er sah bald, dass der Hinrichtungsstein verschwunden war, viele neue Hütten gebaut worden waren, nichts mehr an die Zerstörung erinnerte. Ihm fiel aber auf, dass hier niemand älter als dreißig zu sein schien.

Auch lebten sie jetzt sehr abgeschottet, hatten einen neuen Glaubensvorsteher, der eigenwillige Lehren von sich gab, die alles andere als konform zur herrschenden Religion des Landes waren.

Sein Mädchen hatten sie sehr schnell ins Herz geschlossen und einige Männer buhlten bereits um sie, was die Tochter sehr angenehm fand, ihren Vater aber äußerst ärgerte. Er beschloss ihr schnellstmöglich die „Mutter" zu zeigen, um dann wieder mit ihr nach Hause fahren zu können, ob sie wollte oder nicht. Niemand hatte schließlich etwas von BLEIBEN gesagt.

Die meisten Teppiche in ihrer Höhle waren erneuert worden, auch standen in einigen Ecken Schüsseln voller Dörrobst. Die Dämonin sah noch aus wie an dem Tag, an dem er sie verlassen hatte. Er war kühl und sogar wütend, als sie seine Tochter in die Arme schloss und sein Kind dabei lächelte. Wie Gleichgesinnte, wie Partner in einem Pakt bei dem Er nicht involviert war, erschienen sie ihm jetzt. Als er den beiden so zusah, zerriss auch das Band, das ihn bisher an seine Tochter gebunden hatte. Er hörte es förmlich, es war, als würde eine Sehne im eigenen Körper zerbersten. Wie von fern vernahm er wie die beiden miteinander sprachen, eine, vielleicht zwei Stunden lang und dann spürte er ihre Blicke auf sich.

Die Dämonin schien ihm nicht zu grollen, vielmehr war sie dankbar, dass er zurückgekehrt war. Die Zeitverzögerung war ihr Einerlei. Sie sprach mit ihm, freundlich, aber er verstand die Worte nicht mehr. Die Tochter übersetzte mühsam das Gesagte. Er dürfe gehen, wohin er wolle. Dazu nickte er nur, fühlte sich erneut davongejagt und verabscheute dieses Gefühl, aber sie richtete noch mehr Sätze an ihn.

Sein Mädchen sagte, dass er auch bleiben dürfe und wenn er es wünsche -sie bat ihn dieses Mal also um sein Einverständnis- noch einmal mit ihr die Nacht verbringen, da sie mit dem Ergebnis der ersten sehr zufrieden sei. Dieses Mal wusste er, welche Konsequenzen ein weiteres Liebesspiel mit ihr nach sich ziehen würde. Plötzlich wunderte er sich darüber, dass er im Dorf keine anderen offensichtlich schwangeren Männer gesehen hatte und fragte danach. Die Dämonin meinte nur, dass sie zu alt sei, zu oft Fehlschläge und Mord erlebt hatte und nur noch wenig Keime übrig hätte.

Er schluckte, sollte er es als Ehre verstehen, dass sie nun den wenigen verbliebenen Samen erneut in ihn pflanzen wollte? Die Vorstellung behagte ihm nicht wirklich und dann zweifelte er daran, ob es wirklich gut für das Dorf, für das Land hier war, wenn sich die Dämonin weiter vermehren würde, obwohl, einmal dabei geholfen hatte er schon und, das musste er zugeben, für ihn selbst, wären die Ängste nicht gewesen, hatte sich doch auch die erste Zeit sehr gut angefühlt und das Vatersein danach, das Beschützen. Außerdem war sein Mädchen von Anfang an so anders, angenehm anders gewesen. Er hätte sie nicht einmal mit den unzufriedenen, lauten Kinder, die er in seinem Leben flüchtig kennengelernt hatte, auf eine Stufe stellen können.

Während er noch diesem Gedanken nachhing, verließ sie ihre Eltern. Sein Blick folgte den selbstbewussten, ruhigen Schritten noch einige Stufen hinab. Sie ging zurück ins Dorf. Dort würde sie sich vermutlich einen Mann aussuchen, oder vielleicht auch mehrere.

Als sie sich seiner Sichtweite entzog, spürte er den Schmerz der Trennung erneut in seinen Knochen und dieser überlagerte schließlich all die vorherigen Zweifel und Bedenken.

Seine Dämonin wartete inzwischen schon geduldig im Inneren der einst durch Sand, Wind und Wasser geformten Steinhöhle, so drehte er sich um und folgte der Einladung auf neue weiche Kissen, die auf dem letzten verbliebenen alten Teppich lagen…

Die andere Straßenseite

Bald werde ich dort sein! Durch das wilde, hohe Gras und das Summen der Insekten wage ich mich langsam vor. Der Zeitpunkt ist günstig, denn niemand hat mich gesehen! Kein Problem war das Tor, denn sein Schloss haben Wind und Wetter für mich gebrochen. Ein kurzer Ruck nur, dann hat es nachgegeben, mich eingelassen. Bald werde ich dort sein, bald!

So lange lockt es mich schon. Bei jedem Blick aus dem Fenster zur Straße hinaus versprach es Abenteuer und immer wieder konnte ich die Neugier unter Alltagsgedanken begraben, bis gestern. Jetzt setze ich in der Mittagshitze einen Fuß vor den anderen, vorbei an der Engelstatue mit dem teilweise weggebrochenen Kopf und dem fehlenden rechten Flügel. Ihr halbes Gesicht lächelt immer noch selig.

Ruhig… ruhig…, mein Herz pocht, ich spüre die Aufregung in meinen Adern. Das Vogelbad mit dem glitschig-grünen Wasser ist auch bald hinter mir. Merkwürdig, dass das noch niemand gestohlen hat, es ist intakt, mit etwas Geduld würde das edle Ding sicher wie neu aussehen. Egal, ich zucke unwillkürlich mit den Schultern und genieße jetzt jeden weiteren Schritt, jede Sekunde, dieses Wagnis gehört ganz allein mir!

Mit neuer Taschenlampe bewaffnet, einem kleinen Klappmesser in der Hosentasche und gefühlten zwei Tonnen Mut unter den Füßen geht es weiter: Einige Meter, der bröckelnde Putz kommt näher.

Ein paar Fenster sind eingeschlagen. Schade… das hatte ich von Weitem nie gesehen.
Wahrscheinlich sind längst keine „Schätze" mehr in der heruntergekommenen Villa. Vorsichtig gehe ich einmal um das Haus, horche, man will ja keine Überraschungen!
Das wäre ja noch schöner, wenn ich ein Kind aus einer der Nachbarwohnungen hier treffen würde, obwohl, gesehen habe ich noch nie eines auf dem Gelände, dabei ist ihnen sonst doch nichts heilig.

Unwichtig. „Jetzt wo du schon so weit bist, zahlt es sich auch aus hineinzugehen.", flüstere ich mir zu und lasse mich weiter von der Neugier treiben. Die Tür knarrt etwas verächtlich, als ich sie langsam aufmache. Sie ist tatsächlich unverschlossen gewesen. Das fühlt sich wie eine Einladung an, seltsam. Kaum drinnen mache ich sie wieder zu. Sicher ist sicher… obwohl … ach was… nur weil man genau das in Horrorfilmen vermeiden sollte…

Düsteres Licht kommt durch die milchig-gewordenen Scheiben und Löcher der Fenster herein. Stickig ist es und Staub liegt zentimeterdick auf dem Holzboden und der Treppe, die nach oben führt … genau dahin zieht es mich, denn Möbel sehe ich hier keine mehr.
Bei jedem Schritt knarren, ächzen und seufzen die Bretter. Ich schleiche hinauf, als würden diese Geräusche jemanden wecken können. Ein leichter Schauder kriecht über meinen Rücken… ja, aber an Geister glaube ich nicht…oder?

Jetzt bin ich im Badezimmer. Das Waschbecken fehlt, grüne Fliesen sind herausgebrochen, die Badewanne ist dreckig…unwillkürlich denke ich bei den schwarzen Flecken auf dem Porzellan an…Nein, das kann kein Blut gewesen sein, nicht wahr?

„Schhhh, … ruhig, geh einfach weiter! Kein Grund nervös zu werden.", sage ich mir. Noch ein paar der dunklen Flecken auf dem Weg, an der blätternden Tapete, auf dem Boden unter der Staubschicht, die ich mit jedem Schritt etwas aufwirble…ich muss niesen, kann den Reflex nicht unterdrücken… Was?…. Was war das? Der Lärm…das…das kam aus dem Schlafzimmer!

Ich will hier weg! Schnell laufe ich die Treppe hinunter, ich atme schwer, die Luft stinkt plötzlich und ich habe keine Ahnung nach was! Ich höre etwas hinter mir,… verfolgt mich etwas, jemand? Ich will's nicht wissen, dreh mich nicht um, so ein Taschenmesser hilft nichts gegen einen Massenmörder! Wo ist die Haustür…da! -Schnell raus hier…was zum…sie ist verschlossen! Sie ist abgeschlossen! Ich höre die Geräusche hinter mir näher kommen.

Schweiß auf meiner Stirn…Panik…. Ich rüttle an der Türklinke, sie bricht ab… Ich…ich will hier nicht sterben! Mit all meiner Kraft werfe ich mich gegen die Tür, Holz splittert…ich falle mit ihr hinaus. Dann rapple ich mich hoch, laufe auf direktem Weg durchs Gras auf das Eisentor zu…

Höre ich noch etwas hinter mir? Nein, nein, nein…ich will nichts hören. Da ist das Tor…Ahhh…Au… irgendwas hat mich am Bein gestochen…egal, schnell drücke ich das Eingangstor auf, laufe über die Straße, in mein Wohnhaus, über die Treppen, fingere wie wild am Türschloss herum: Offen, hinein, abschließen und durchatmen…

Jetzt sehe ich jeden Morgen, wenn ich aus dem Fenster schaue, dieses schwarze Loch, wo einst die Tür in der alten Villa gegenüber war.

Es lockt mich nicht, es macht mir Angst und der Stich an meinem Bein hat sich böse entzündet und heilt trotz Arztbesuch nicht richtig...

Ich werde ausziehen, sicher ist sicher, habe schon eine neue Wohnung gefunden, dabei weiß ich, dabei glaube ich, dabei hoffe ich, dass eigentlich da drüben in dem Haus nichts geschehen ist, nichts auf mich lauert, auf mich wartet, mich verfolgt, wenn ich es jemals wagen sollte, noch einmal in seine Nähe zu kommen...

Verletzlich

Tom hatte zu viel getrunken, was für ihn an einem Freitagabend nichts Ungewöhnliches war. Seit Monaten kam ihm keine andere Wochenendbeschäftigung mehr in den Sinn. „N...N...Nicht hier einschlafen.", lallte er torkelnd, um sich daran zu erinnern, dass er noch nicht zu Hause war. Die Lichter der Straßenlaternen flackerten unruhig, der brüchige Asphalt unter seinen Schuhen schien ihm manchmal bedrohlich nachzugeben und irgendwie hingen ihm seine braunen Haare stets so vors Gesicht, dass er Mühe hatte, den Weg zu finden.

Er machte sich so verletzlich, so angreifbar und merkte es nicht. Sein Glück waren ein paar Passanten, die ihm entgegen kamen und die kaum einen Blick für ihn übrig hatten, denn ein Schatten verfolgte ihn schon seit einigen Straßenzügen, wartete in gebührendem Abstand, als Tom dem Gehsteig eine unschöne neue Farbe verlieh, und schlich ihm auf eine Gelegenheit harrend weiter nach.

Hätte man ihn gefragt, so hätte er wohl geantwortet, dass er doch gerne lebe und diese Touren seine Art wären Spaß zu haben, in Wahrheit aber… nein, das konnte er sich nicht eingestehen. Das würden auch hunderte von Stunden im Büro des besten Seelendoktors der Stadt nicht ans Bewusstsein bringen können. Der Schatten aber, dieses Wesen, spürte es, roch es förmlich wie ein Hai das Blut seines Opfers im Wasser riecht. Nur im Gegensatz zu diesem war es ein bedachter, geduldiger Jäger.

Die Uhr auf seinem Handgelenk tickte nervös, der Akku seines Handys meldete sich warnend.

„B...ba....bald gibt's Saft für d...dich.", sagte er zu seiner Hosentasche hinunter und bog fast über die eigenen Füße fallend in die Seitenstraße zu seinem Wohnhaus ein. Tom kam sogar fast bis zur Haustür, dann..... alles drehte sich um ihn herum, wurde schemenhaft, als stünde er inmitten eines Wirbelsturms. Auch war ihm, als hörte er jemanden rufen, "Dreh dich nicht um!", aber alles in ihm wollte genau das und als er sich nachgab, strauchelte er und sein Körper fiel ungebremst auf den harten Straßenbelag. Der Schatten beugte sich über ihn. Und die grausame Freude eines erreichten Ziels, einer gelungener Jagd, erfüllte die Seitenstraße und hätte das Wesen lächeln können, es hätte es getan...

Doch dann schreckte es hoch, wütend, sich schwer losreißend, denn ein Nachbar, der auch gerne seine Freitage im selben Lokal verbrachte, kam eben um die Ecke gewackelt, erblickte den Körper am Boden und verscheuchte so den Schatten ohne es zu wissen. Da sie sich flüchtig kannten, zerrte er den vermeintlich Schlafenden zumindest in den schützenden Hauseingang und legte ihn dort ab, wo die Fahrräder im Sommer standen. Dann machte er sich auf den Weg nach oben, ein Lied summend.

Zu sich kam Tom erst, als eine ältere Nachbarin seinen Anblick nicht mehr ertragen konnte und mit einem Besen nach ihm schlug. Er hatte nichts geträumt und auch keine Erinnerung mehr an den Abend und den Tag davor. Der Schatten hatte sie davongetragen und Tom war sicher, sicher für den Moment...

Von dieser Nacht hatte er einige Schrammen im Gesicht und an den Händen davongetragen und in der Mitte seiner Stirn blieb eine feine Narbe zurück.

Er schrieb sie dem Besen zu. Seine Verletzungen weckten auch bei den Arbeitskollegen Aufmerksamkeit, was ihm sehr unangenehm war. Er erklärte sie mit einem Treppensturz, womit alle zufrieden waren und sich wieder wohl wichtigeren Dingen widmen konnten.

Eine Zeit lang blieb er freitags zu Hause, auch wenn er sich nicht erklären konnte warum. Manchmal schien ihm, als würde jemand flüchtig an seinem Fenster vorbeihuschen, wenn er hinsah, weil er sich beobachtet fühlte. Es war zu groß für einen Vogel, aber zu schnell, um genau erkennen zu können, was es war. Meist saß er nun in seiner Freizeit zu Hause auf dem Sofa und starrte auf das spiegelnde Dunkel des ausgeschalteten Fernsehers. Dabei drehte er sein Telefon in der Hand hin und her. Er war oft versucht seine Verflossene anzurufen, die er auch nie wirklich in seine Nähe kommen hatte lassen. Distanz, die war ihm wichtig, über Wettergespräche ging er selten hinaus, obwohl ihm doch ab und zu der Gedanke gekommen war, dass es jetzt besser sein könnte, einmal mit jemandem wirklich zu sprechen.

Der Schatten war erneut draußen vorbeigeglitten, es war wieder Freitag und dieses Mal wählte Tom tatsächlich ihre Telefonnummer. Es klingelte … er wollte schon wieder auflegen …dann ihre Stimme…fröhlich, sie erzählte offen Belangloses…er hörte nicht wirklich zu, bis sie schließlich fragte, warum er eigentlich anriefe und meinte, dass er sich bitte keine Hoffnungen mehr machen solle, da sie längst….

„Das….nun….das ist doch schön für dich"… log er, wusste nicht mehr, was er eigentlich von der hatte wollen, legte auf und schnappte sich seine Jacke und den Wohnungsschlüssel. Draußen vor seinem Fenster wurde Aufregung spürbar.

Das Bier und die harten Getränke betäubten bald schon Sinne und Verstand. Tom genoss das Gefühl richtig, er hatte es vermisst sich selbst so zu verlieren. Die anderen in der Bar ignorierte er wie immer und bald sagte ihm seine innere Uhr, dass es Zeit wäre, Heim zu gehen und so fiel er erstmal nach dem Zahlen vom Barhocker, bevor er sich aufraffte und ungeschickt seine Jacke anzog. Draußen in einer dunklen Ecke wartete der schemenhafter Jäger bereits auf sein Opfer, der auch, wenn er mitten auf der Straße gestanden hätte, so unwirklich erschienen wäre, dass die vorbeigehenden Menschen ihn einfach unbewusst sofort aus ihrer Wahrnehmung gefiltert hätten…

Die Bartür öffnete sich, Tom setzte langsam einen Fuß vor den anderen, seine Welt schwankte. Das Wesen machte sich bereit, es hatte seine Taktik geändert, zwar hatte es Geduld, doch diese war nicht unendlich. Nach nur wenigen Metern verlor Tom sein Gleichgewicht ganz und er landete mit dem Hintern auf dem Gehsteig. Er versuchte sich wieder aufzurichten, scheiterte mehrmals und gab schließlich auf. Nun saß er auf dem kalten Asphalt, umschlang seine Knie und uneingeladen kamen plötzlich Erinnerungen hoch. Tom summte ein Kinderlied, das ihm einmal sehr gefallen hatte. Ein Paar schlenderte vorbei, Hand in Hand. Sie tat, als sähe sie Tom am Boden nicht und ihr Freund lachte, weil es ihm vermutlich auch schon einmal so gegangen war...

Sobald das Lied geendet hatte, verschwand es auch schon unwiederbringlich. Eine Frau beugte sich zu ihm hinunter. Tom starrte sie ungläubig an. Sie bot ihm wortlos die Hand an. Sie wollte ihm helfen. Einfach so? Ein bisschen Misstrauen flackerte in ihm auf, aber er war zu betrunken, um darauf zu hören und so ließ er sich aufhelfen.

Die Frau sah seiner Mutter ähnlich, fand er und eine traurige Erinnerung stellte sich ein, schmerzte ihn kurz, und erlosch bald daraufhin. Die Frau neben ihm schien sie aufgesaugt zu haben und lächelte kalt und zufrieden dabei.

Tom versuchte sie genauer zu sehen, irgendwie wurde sie immer mehr zum Schemen, zum Schatten. Er war zunächst mehr verwundert, als alarmiert. Sie hatte ihn nach dem Aufstehen nicht losgelassen, sie zerrte, sie führte ihn langsam in eine dunklere Seitengasse neben seiner Bar. War er so betrunken, fragte er sich, dass er schon Gespenster sah? Wieder kam etwas längst Vergessenes an die Oberfläche, es tat ihm fast körperlich weh und dann verschwand es wieder und nun begriff er es endlich: Er musste hier weg!

Augenblicklich war er nüchtern geworden, doch bevor er sich einen Fluchtplan zurecht legen hätte können, übermannte ihn die nächste Erinnerung. Sein ganzer Körper zitterte, denn so stark, so voller Bitterkeit war dieses Erlebnis gewesen und so unerwartet kam es jetzt aus seinem Inneren, dass es ihm fast das Bewusstsein raubte.
Die Lichter der Straßenlaternen wurden merklich dunkler, kein Mensch war auf der sonst so belebten Straße unterwegs und aus seiner Bar drangen dumpf Musik und Gesprächsfetzen nach draußen. Das Wesen war mit Tom stehen geblieben, es sog die Bilder voller Entzücken aus seinem Kopf heraus und er spürte deutlich, wie es an Kraft gewann und eine festere Form anzunehmen begann. Der Griff um seinen Arm aber lockerte sich etwas. Die Mahlzeit berauschte den Schatten offensichtlich.

Selbst der Verkehr schien in diesem Moment zum Stillstand gekommen zu sein, als atme die Welt kurz durch, bevor sie sich wieder weiter drehte, als sei nichts geschehen. Die Scheinwerfer eines Taxis brachten wieder etwas Licht. Bevor Tom noch wusste, was er eigentlich tat, riss er sich los, so gut er konnte, lief, strauchelte über den Gehsteig und stand plötzlich mitten auf der Fahrbahn. Vollbremsung... Tom schloss die Augen, aber das Auto kam vor ihm zum Stehen. Der Lenker sah ihn durch die Windschutzscheibe entgeistert an. Tom nutzte die Gelegenheit und sprang ins Auto.

Der Verzückung des Wesens wich Wut, es hatte wohl zu lange gehungert und war deshalb unachtsam geworden. Die Beute würde ihm nicht entwischen, denn nun hatte es wieder einen Teil seiner alten Macht und Energien zurück. Außerdem war die Narbe auf Toms Stirn nicht durch den Besen oder seinen Sturz entstanden, sondern ein Mahl, eine Markierung. Diesem konnte der Schatten folgen, wie ein Bluthund der Spur des Wilds.

„Sie hätten auch WINKEN können!" meinte der Mann hinterm Steuer etwas ungehalten. Tom nannte die erste Adresse, die ihm in den Sinn kam und drängte zur Eile. Der Fahrer drückte auf den Taxameter und der Wagen setzte sich wieder in Bewegung. Tom wagte es nicht auf die Stelle zu sehen, wo er kurz vorher noch mit dem Wesen gestanden hatte. Sein Kopf dröhnte und jetzt bemerkte er erst, dass er immer noch etwas zitterte. Der Motor des Taxis brummte beruhigend, wie auch die leise klassische Musik zu seiner Entspannung beitrug. Er fühlte sich sicher hier, das Geschehene kam ihm nur noch wie ein schlechter Traum vor. Vielleicht lag das auch an der Ausstrahlung des Mannes vor ihm. Zwischen den dunklen Haaren des Fahrers sah man ein paar silbergraue durchblitzen, seine Augen, die man im Rückspiegel sehen konnte, strahlten förmlich Geborgenheit aus, wie auch die feinen Züge seines kaffeebraunen Gesichts.

Das Auto suchte sich nun einen Weg zu Toms Elternhaus am anderen Ende der Stadt…

Ein Meister der Reflexion war Tom nie gewesen und so folgte er mit den Augen stumm den vorbeiziehenden, meist dunklen Häusern. Etwas hatte dieses Wesen freigelegt, einen Zugang in einen längst verschütteten Stollen gegraben und so kam auch ohne sein Zutun einiges wieder in sein Bewusstsein zurück: Steriles Weiß und Neonröhrenlicht überall und da lag sie im Krankenbett, in diesem kalten, unpersönlichen Hospital. Er sah, wie er an das Bett herantrat, so voller Zorn. Die Frau, der er blind vertrauen konnte, würde ihn verlassen, einfach so. Es war ihm egal, dass man sagte, sie sei krank, denn er fand, dass es eine Ausrede war. Kein Wort sagte er zu ihr, obwohl sie sich so sehr gewünscht hatte noch einmal mit ihm sprechen zu können.

Was sie damals erzählte, um was sie ihn gebeten hatte, das wusste er nicht mehr. Die Bilder waren überschattet von Machtlosigkeit und seiner Wut.
Wie konnte seine Mutter es wagen ihn mit seiner jüngeren Schwester zurück zu lassen. Er war damals dreizehn. Und dann mussten sie bei diesem Vater bleiben, der nur dann ein guter war, wenn er nicht zu Hause seine Erziehungsversuche startete, die meist nur in Sackgassen endeten, weil niemand seine Wutausbrüche ernst nahm…

All die guten Erinnerungen an sie wurden so bitter, vergiftet von diesem Anblick: Seine Mutter, diese starke Frau, nur noch eine schlechte Kopie ihrer selbst… Und dann drei Jahre später wieder eine Beerdigung, da wusste er, dass er sich auf niemanden verlassen konnte, auf niemanden außer sich selbst…

Es war ein Autounfall, Schwester und Großmutter tot, weil einer nicht wusste, wann man das Auto besser stehen lässt, deshalb ging er immer, immer zu Fuß, wenn er seine Bar besucht hatte… Auf Toms Gesicht zeichnete sich ein bitteres Lächeln ab.

„Wie viel Schicksal verträgt ein Mensch, ohne daran zu zerbrechen?" Tom kehrte aus seinen Gedanken zurück, der Taxilenker hatte diese Frage einfach so in den Raum gestellt, Tom antwortete nicht, denn was ging den bitte sein Leben an? Der lächelte doch nur so freundlich, damit er mehr Trinkgeld bekommen würde, na wahrscheinlich war er auch noch so ein verkappter Psychologe mit denen Tom sowieso nichts zu tun haben wollte.

Schließlich hielt das Auto, er blickte hinaus, machte keine Anstalten aufzustehen, oder zu zahlen. Das Haus sah gut aus, der Garten mit Liebe zum Detail gepflegt und er fragte sich, ob es wirklich noch seinem Vater gehörte. Im Inneren flimmerte das blaue Licht eines Fernsehers, da war also noch jemand wach. Inzwischen hatte das Wesen längst seine Fährte aufgenommen und kam näher.

Tom konnte sich nicht überwinden auszusteigen, am Liebsten hätte er den Taxifahrer gebeten doch den Namen an der Tür zu lesen, von hier aus konnte man die Schrift nicht entziffern, obwohl er schon meinte, dass es sein Familienname war. Kam es ihm nur so vor, oder stimmte es, dass ihn jemand aus den dunklen, oberen Fenstern des Hauses beobachtete? Er seufzte und dann kam seine innere Stimme: „Was willst du denn hier, Idiot! Glaubst du, der alte Mann weiß heute irgendetwas mit dir anzufangen, besonders wenn du von Geistern erzählst, die dich verfolgen, der lässt dich doch einweisen, bevor du zum zweiten Satz gekommen bist!"

Er nickte kurz und gab sich selbst, wie so oft, recht. Etwas Wut lag in seiner Stimme, als er ein „Fahren sie weiter." sagte und danach hastig seine eigene Adresse nannte. Über Jahre hatte er sich nicht bei dem Alten gemeldet, warum sollte er das jetzt tun? Der Taxifahrer zögerte einen Moment, als überlege er, ob er Tom etwas sagen sollte, verwarf es aber, als er den fordernden Blick seines Fahrgasts sah.

Bald schon begannen die wiegenden, melodischen Töne aus dem Radio an Toms Nerven zu sägen, er war wieder er selbst und sein Verstand verschloss die Türen zur Vergangenheit, die ihn so sehr geprägt hatte. Der Taxilenker schwieg, sah bald schon nur noch selten nach hinten, konzentrierte sich auf die Straße vor ihm. Häuser zogen vorbei und dann hörte er plötzlich, wie die hintere Autotür geöffnet wurde. Er sah in den Rückspiegel, aber da saß niemand mehr auf der Bank! Im ersten Moment dachte er, dass sich sein Fahrgast vielleicht nur nach vorn gebeugt hatte. Er wollte sich gerade umdrehen, um das zu überprüfen, als das vordere Fahrzeug, ein gelber Beetle, unvermittelt bremste. Fast wäre es zum Auffahrunfall gekommen. Er ärgerte sich über die heutige Nacht, fast nichts lief so, wie er es gerne gehabt hätte. Als er sich wieder an seinen Gast erinnerte, bemerkte er schließlich, dass dieser tatsächlich verschwunden war, die Seitentür weit offen stand. Er seufzte, stieg kurz aus, um die Tür zu schließen, und fuhr dann weiter.

Schmerzen kamen in Wellen, vergingen wieder, ließen eine Leere in seinem Kopf zurück und Stück für Stück wurde diese Leere größer. Das Wesen hatte ein Festmahl und hier würde es niemand stören…Es vergingen Stunden, es vergingen einige Tage…die Schmerzen kamen in Wellen, sie vergingen wieder und die Leere in Toms Kopf füllte ihn bald schier gänzlich aus.

Er wusste noch, wie er hieß, aber all jene Bilder voller Dunkelheit, Bitterkeit und Zorn, die im Unterbewusstsein an seinem Selbst nagten, hatte es sich nur zu gern einverleibt. Übrig blieben Daten und Zahlen, Geburtstage, die alltäglichen Handlungen, die man ohne Emotion macht, wie Naseputzen etc… Die waren noch übrig und vielleicht auch die eine oder andere kleine schöne Erinnerung, die schlicht zu gut versteckt war.

Dann war es satt.
Tom erwachte an einem Nachmittag irgendwo in einer dunklen Seitengasse liegend. Jede Bewegung bereitete ihm Schmerzen, auch das Öffnen der Augenlider, aber … und das war das merkwürdige daran, er fühlte sich trotzdem nicht schlecht, eher befreit, formatiert, oder gar neugeboren?

Er war in einer ziemlich heruntergekommenen Gegend gelandet, Geldtasche und Handy fehlten, so ging er, ohne zu wissen, wo er war, einfach von der Seitengasse auf die nächste Hauptstraße. Er war überzeugt davon einfach ausgeraubt worden zu sein und dabei vermutlich einen Schlag auf den Hinterkopf bekommen zu haben. Das war auch die Geschichte, die er später erzählen würde.

Nach wenigen Metern hupte ein Taxi hinter ihm, es blieb stehen, er stieg ein. Der Fahrer lächelte, als habe er etwas Verlorenes wiedergefunden und meinte knapp: „Sie schulden mir noch Geld." Tom durchsuchte seine Taschen und zuckte mit den Schultern, er genoss aber die Geborgenheit, die die Augen des fremden Mannes ausstrahlten, hatte er den schon einmal gesehen? „Kein Problem, ich denke, ich weiß, wo ich bezahlt werde.", entgegnete der Fahrer.

Etwas später standen sie vor Toms Elternhaus, ganz offen meinte der nur „Ah, da habe ich einmal gewohnt." Der Fahrer nickte. Tom stieg ohne zu zögern aus, ging durch den Garten, an ein paar eigenwilligen, aber freundlich wirkenden Steingartenwichteln vorbei zur Tür und klingelte, dabei summte er leichthin ein Lied, das er irgendwann einmal im Radio gehört hatte. Eine kleine Frau, die exakt die gleichen Augen wie der Taxifahrer hatte, öffnete die Tür. Sie schien jedoch um einiges älter als dieser zu sein. Tom stellte sich vor und fragte freundlich, ob sein Vater denn noch hier wohne.

Auf dem Türschild stand nur "Bitte keine Werbung." Die Frau sah ihn einen Moment etwas skeptisch an, dann fragte sie lächelnd nach „Tom, richtig?". Der alte Mann im Lehnstuhl vor dem Fernseher horchte auf. Seine eingefallenen Züge erhellten sich plötzlich, erfüllten sich mit Leben, er sah jünger aus als noch einen Augenblick zuvor, trotzdem fiel es ihm anfangs schwer wirklich zu glauben, dass sein Kind tatsächlich gekommen war.

Erst als er bei Kaffee und Kuchen saß, erkannte er, dass seine Hoffnungen erhört worden waren. Er lächelte immer mehr, denn all der Groll und Zorn schien aus seinem Jungen verschwunden zu sein. Teilweise fragte er sich schon, ob es wirklich sein Tom war, denn sein Wesen erschien ihm doch ganz anders, so... er konnte es schlecht beschreiben: Es erinnerte ihn an kindliche Neugier auf die Welt, als müsse er erst Erfahrungen mit anderen Menschen sammeln, aber dann überwog das Gefühl noch eine Chance zur Aussöhnung zu erhalten, die er sich so sehr gewünscht hatte.

Die kleine Dame, die zweite Ehefrau seines Vaters, wirkte sehr vergnügt, sie ließ die beiden Männer alleine und ging durch den Garten zum immer noch wartenden Taxi.

Mit einem „Das war riskant, Schwester." begrüßte der Fahrer sie, „er hätte sterben können,…" wollte er fortfahren aber sie unterbrach ihn einfach mit: „Hätte er, ist er aber nicht, außerdem hätte er sich doch vieles ersparen können, wäre er vorher schon bei uns vorbeigekommen." Dabei verzog sie ihre Mundwinkel keck, stemmte kurz die Arme auf die Hüften und reichte ihm dann etwas Geld aus ihrer Handtasche.

„Vergiss die Kerzen nicht.", meinte er noch resignierend und fuhr los. Sie ging in einen versteckten Winkel des Gartens, dort hatte sie einen kleinen Altar aufgestellt. Alte Zeichen waren in dessen Holz geritzt worden und auf ihm standen drei fast abgebrannte schwarze Kerzen. Sie blies jede sorgfältig aus, indem sie ein Wort hervorzischte, dann bedankte sie sich bei dem Wesen für seine Hilfe. Voller Ehrfurcht räumte sie den Altar in den hintersten Winkel des Gartenschuppens und ging wieder, ganz die fröhliche, freundliche so unscheinbare Hausfrau, zu den beiden sich angeregt unterhaltenden Männern zurück.

Ein neuer Morgen

Sein Schlafzimmer war unaufgeräumt. Die Kleider von gestern Nacht lagen verstreut auf dem weißen Teppich und in den Ecken des kleinen Raumes tummelten sich Wollmäuse. Neben den hastig zugezogenen Vorhängen blinzelte Sonntagmorgensonne in das Zimmer und unter der blauen Bettdecke lugten seine gut gepflegten Zehennägel hervor.

Nur zögerlich öffnete er die Augen, tastete vorsichtig mit der rechten Hand über die andere Bettseite. Er wollte sich vergewissern und es stimmte, niemand lag dort. Die Letzte, die hier aus ihrem Schlaf mehr als ein einziges Mal erwachte, hatte inzwischen Familie, aber das …ah, für das hatte er noch ewig Zeit. Er war gern alleine und Herr seiner Welt …vielleicht würde er eines Tages Lust auf Windelwechseln und Frauenprobleme bekommen, aber im Moment fand er sich weit genug davon entfernt.

Langsam richtete er sich auf, strich die Haare zurück und bewegte sich noch etwas ungeschickt in Richtung Bad. Dort hätte er es schon bemerken müssen. Er benetzte sein Gesicht mit kaltem Wasser und wollte eben wieder in Ordnung bringen, was der Schlaf durcheinandergebracht hatte, als die Türklingel sich meldete. Es brauchte einen Moment, bis er das Geräusch zuordnen konnte und dann ging alles sehr schnell …

Schhh… das musste Eva sein, war es schon so spät? Hastig rannte er zurück ins Schlafzimmer, warf einige Sachen über, wollte sich gerade im Spiegel seiner Selbst vergewissern, als er plötzlich innehielt… *Was…?*

Die Klingel ertönte erneut und er spürte die Ungeduld hinter dem schrillen Ton. Also schnappte er sich seine Geldtasche vom Nachttisch, dabei viel ein einfacher Kunststoffbeutel hinunter, der neben ihr gelegen hatte. Er ignorierte ihn einfach, steckte die Börse ein, lief zur Tür und sagte entschuldigend in die Gegensprechanlage, dass er gleich unten sei. Während er in die Schuhe schlüpfte und eine seiner teuren Jacken anzog, hatte er schon wieder ganz vergessen, was eben passiert war. Sein logisches Denken meinte nur flüchtig, dass er sich wohl getäuscht habe.

Unten angekommen, umarmte er seine Schwester schnell und wenig herzlich. Sie musterte ihn danach und meinte seufzend „Frühstück?" „Ja, tut mir leid, ich habe verschlafen." „So siehst du auch aus.", entgegnete sie mit einem Lächeln auf den Lippen und rückte ihm anschließend das Hemd etwas zurecht, als wäre sie seine Mutter, was ihm sehr unangenehm war. So sah er sich hektisch um, prüfte, ob jemand das gesehen haben könnte, und war erleichtert, dass dem offensichtlich nicht so war. Nun ging er, wie immer, neben ihr her in die Richtung, die zu dem kleinen Kaffee unweit seiner Wohnung führte. Alle drei Monate, öfter schafften sie es einfach nicht sich zwanglos zu treffen, gingen sie dorthin, um kurz persönlich Neuigkeiten auszutauschen.

Auf ihrem Weg kamen sie an einem Schaufester vorbei, das neben vielen recht „antiken" Gegenständen auch einen großen Spiegel mit kitschig goldenem Rahmen beinhaltete. Er wollte sich, wie gewohnt, darin vergewissern, dass er auch herzeigbar war, als es ihm wieder auffiel. Er blieb abrupt stehen und starrte auf die reflektierende Fläche… Eva war einige Schritte weitergegangen, bevor sie die Leere neben sich bemerkte und sich umdrehte.

Mit „Alles in Ordnung?" auf den Lippen kam sie zu ihm zurück, dabei beobachtete sie ihren Bruder etwas irritiert…"Sag mal, siehst du das?", fragte er ernst, ohne sich ihr zuzuwenden, während er sich hin und her vor dem Schaufenster drehte. „Was soll ich sehen? Einen verkaterten, verrückten Pfau, der endlich aufhören soll zu glauben, dass er immer noch zwanzig ist?" entgegnete Eva ihm etwas ungehalten. Er ignorierte das und sagte: „Nein, ich meinte den Spiegel, kann der kaputt sein?" „Kaputt? Also heute gefällst du mir nicht. Natürlich, wenn ich mit einem Hammer draufschlage, hast du einen Haufen Scherben und wenn's stimmt, sieben Jahre Pech vor dir." Auch darauf ging er nicht ein, schenkte ihr kein genervtes Lächeln wie sonst, wenn sie einen derartigen Kommentar fallen ließ und entgegnete ihr nur: „Nein, ich meine, dass er…wie heißt das Wort… blind geworden ist."

Sie dachte kurz nach, ergriff ihn dabei an der Hand, als sei er immer noch der kleine ungeschickte Junge und sie die überlegene Große und zog ihn weiter, ohne dem Spiegel, den sie schon ein paar Mal im Vorbeigehen bemerkt hatte und hässlich fand, einen Blick zu schenken.

Da er ihr nicht sofort bereitwillig folgte, rollte sie kurz mit den Augen und gab ihm die gewünschte Antwort: „Sicher, ich denke im Haus unserer Großeltern ist einer blind geworden, da hat sich die Silberbeschichtung gelöst und er spiegelte nicht mehr…, das war teuer, die Reparatur meine ich, warum fragst du?"

Er ging langsamer als sonst, bedachte, wie er es formulieren, oder ob er es überhaupt erklären sollte, aber Geduld war nie eine von Evas Stärken gewesen. So wies sie ihn ruppig darauf hin, dass sie heute ausnahmsweise weniger Zeit als sonst hätte, eben ein Termin, den nächsten jage. Da er erneut nicht wirklich darauf reagiert, versuchte sie ihn mit einem freundlicheren, versöhnlicheren Ton ins Jetzt zurückzuholen „Wie wäre es mit einem ordentlich starken Kaffee und einem Vitamincocktail um die Gifte von letzter Nacht loszuwerden?" Er nickte, vielleicht hatte sie recht und irgendetwas war in einem der Dinks gewesen, die er mit der einen Süßen an der Bar getrunken hatte? Wo war die heute Morgen eigentlich? *War sie tatsächlich nicht mitgekommen? Egal! Das eben im Schaufenster musste eine Sinnestäuschung, Wahrnehmungsschwäche hervorgerufen von einem Was-auch-immer gewesen sein, ganz sicher!* Zu mehr Gedanken diesbezüglich kam er nicht, da ihn ein junger Mann, der es ziemlich eilig zu haben schien mit einem Kuchenstück in der Hand fast zu Fall gebracht hätte.

Etwas später saßen sie an seinem Stammplatz in einer Ecke, er mochte auch bei diesem Wetter nicht im Freien sitzen, und sprachen über das Übliche. Eva erzählte von ihrer Arbeit, er von seiner und sie, mal wieder, von einer neuen Liebe, was ihm meist nur ein müdes Lächeln kostete. Sie war einfach unverbesserlich in der Hinsicht.

Nachdem sie fertig gesessen hatten, holte Eva einen kleinen Schminkspiegel aus der Handtasche. Er lieh ihn sich, um seine Frisur zu kontrollieren bzw. eigentlich auch, um zu sehen, wie es seinem Spiegelbild ging. Er kniff kurz die Augen zusammen, machte sie dann weit auf und ja...der Spiegel im Schaufenster war nicht blind gewesen, denn er konnte es nicht mehr sehen, im Schaufenster, im Schlafzimmer, im Badezimmerspiegel überall war alles hinter ihm gut abgebildet, das Einzige, was fehlte, war er selbst. Unwillkürlich fasste er sich an die Brust, sah nach unten: Da war seine Hand, sein Körper, er war noch hier, er vermisste nur das reflektierte Ich...

Er schluckte und überlegte sich, wie abgrundtief lächerlich ein „Eva, ich habe kein Spiegelbild mehr!" klingen würde. Würde sie das zu ihm sagen, dann würde er die Temperatur mit dem Handrücken an ihrer Stirn fühlen, oder einfach laut loslachen und fragen: „Hey, hat dich in letzter Zeit ein Vampir gebissen?" Unbewusst griff er sich an den Hals, um etwaige Bissspuren zu ertasten und hielt augenblicklich erschreckt inne, als er bemerkte, was er tat.
Seine Schwester war zum Glück gerade dabei eine SMS zu lesen und so entging ihr sein Gesichtsausdruck. Als sie aufsah, strich er sich schnell, wie er es gewohnt war, die Haare zurecht, tat so, als sei alles, wie es sein sollte, gab ihn zurück und zahlte bald darauf. Sie begleitete ihn noch ein Stück. Auf dem Weg fragte er beiläufig, ob Eva ihn denn in dem Schaufenster gesehen hätte. Sie nickte und fügte hinzu, dass er schön langsam zu alt für Partys würde, auf denen er sowieso nie die Richtige fände. Er widersprach ihr nicht und so vermisste sie abermals seinen üblichen Sarkasmus, dachte sich aber wenig dabei, denn für sie war er schlicht noch verkatert. Schließlich verabschiedete sie sich mit einem raschen Küsschen auf seine Wange.

Kaum hatte er die Wohnungstür hinter sich geschlossen, stellte er sich vor den größten Spiegel, den er hatte, welcher verborgen in einer Schranktür im Schlafzimmer angebracht war. Dort balancierte er auf den Zehenspitzen, drehte Pirouetten wie der Herrscher im Märchen des Kaisers neue Kleider und sah wie dieser…nichts… ließ seinen Blick nach unten schweifen und da waren sie, seine Füße. Er kratzte sich am Kopf.

Hatte er nicht mehr alle Tassen im Schrank? War unversehens über Nacht eine verloren gegangen? Ganz vorsichtig ging er an die silberbeschichtete Glasscheibe heran und klopfte mit der Faust leicht dagegen. Als könne er sein Abbild damit zurückrufen. Er spürte, dass er sich gerade selbst wie einen wahrhaften Idioten angesehen hatte. Er nahm die Haltung eines Verlierers ein, seufzte und ging, ohne einen weiteren Blick zu vergeuden auf sein Bett zu. Schlaf schien ihm jetzt die einzig richtige Option zu sein.

Anschließend setzte er sich auf die Kante und zog seine Socken aus, dabei bemerkte er den Plastiksack, den er bei seinem eiligen Aufbruch hinuntergeworfen hatte. Er hob ihn auf und erstarrte. Darin befanden sich Geldscheine, viele Geldscheine. War er im Casino gewesen? Er leerte den Inhalt auf die Bettdecke aus. *Wie viel mochte das sein, 10.000, 20.000? Woher kam das?* Normalerweise musste er aufpassen, dass er die Börse mit nach Hause brachte, aber das war neu. Er nahm einen Schein hoch, hielt ihn gegen das Licht, um zu überprüfen, ob er echt war. Das Wasserzeichen ließ sich gut erkennen, unschlüssig, was er nun tun oder denken solle, legte er ihn wieder zurück und sah dabei eine Serviette zwischen dem Papiergeld hervorblitzen, die offensichtlich beschrieben war. *War das da etwa seine Unterschrift?*

Er zog sie heraus und begann zu lesen, wobei sein Mund immer trockener wurde und er spüren konnte, wie der Toast in seinem Magen zu rebellieren anfing.

Auf dem dünnen Papier stand: „Im Vollbesitz meiner geistigen Kräfte verkaufe ich hiermit unwiderruflich mein Spiegelbild um 13.000 Euro an den Herrn mit den gelben Rosen." Schnell rannte er ins Badezimmer und übergab sich. Dabei kamen auch die Erinnerungen wieder hoch.

Das dunkle Licht in der edlen Bar, die etwas zu laute Musik und dann war da dieser Mann mit dem Rosenstrauß, der sich einfach ungefragt neben ihn gesetzt hatte. Er wollte keine erwerben, was den Verkäufer nicht zu stören schien, da dieser an Anderem interessiert schien, was ihm unbehaglich war, dachte er doch, dass der Mann einen Flirtversuch vorhatte.

Sicher, verübeln konnte er so etwas dem Fremden nicht, er wurde immer für jünger gehalten, sah sehr gut aus, aber Hoffnungen konnte sich der wirklich nicht machen...Trotzdem unterhielten sie sich eine Weile, da sich seine attraktive Gesprächspartnerin von vorhin schon verdächtig lange auf der Toilette befand. Der Mann sprach zwar mit Akzent, hatte aber für einen Rosenverkäufer ein sehr gutes Deutsch, *vielleicht war er auch nur ein Student, der das Geld brauchte?*

Sie unterhielten sich angeregt über Finanzen, das wusste er noch genau und er hörte sich sagen, dass man irgendwie nie genug Geld haben könne. Da meinte der Fremde, dass ihm neben dem Verdienst auch das eigene Aussehen wichtig sein müsse.

Das, fügte er hinzu, wäre offensichtlich. So etwas wollte er sich nicht von einem dahergelaufenen Straßenverkäufer vorwerfen lassen, außerdem, was ging es den an, was ihm wichtig war? So log er, widersprach dem Fremden und ertappte sich etwas beschämt dabei, wie er flüchtig im großflächigen Spiegel hinter der Bar seine Frisur kontrolliert hatte.
Da lächelte der Mann mit den Rosen, die er achtlos auf den Tresen gelegt hatte und meinte herausfordernd: „Wenn es ihnen nicht wichtig ist, dann können sie mir ja ihr Spiegelbild verkaufen für …. sagen wir eine Zahl … für 10.000?"

Der Typ musste verrückt sein, aber natürlich handelte er den Preis zum Spaß nach oben. Der Verkäufer schien zufrieden damit, nahm sich eine Serviette und kritzelte darauf die kurze Verkaufsbestätigung. „Das ist also ihr ernst?" hatte er in bester Laune nachgefragt und die Wände im Badezimmer schienen diesen Satz plötzlich nachzuflüstern. Für einen Augenblick glaubte er die nickende Bestätigung seines Gegenübers vor sich zu sehen und dieses böse Grinsen, als er hinzufügte: „Natürlich nur, wenn sie nicht zu feige oder doch zu eitel für dieses Geschäft sind!" Dann holte der Fremde seine Brieftasche heraus und legte ein Bündel Geldscheine auf das polierte Holz vor ihnen, ohne dass die übrigen Gäste davon Notiz genommen hätten.

Er wäre in diesem Moment fast rücklings vom samtbezogenen Hocker gefallen. *Wie konnte jemand nur soviel Bargeld mit sich herumtragen?* Hatte er gedacht, als der Andere die Scheine für ihn zählte und sie dann in einen mitgebrachten Plastikbeutel steckte. Natürlich hatte er sich gut umgesehen, weil er glaubte, das Opfer einer dieser Fernsehsendungen geworden zu sein.

Ein Kamerateam kam aber nicht, ebenso wenig ein ihn auslachender Moderator. Auch der Streich eines Kollegen kam ihm als Erklärung in den Sinn, aber in dieser Bar war er heute zum ersten Mal und der Fremde wirkte so, als sei er sich ganz sicher mit diesem Geschäft. Auffordernd zwinkerte der ihn nun an. Irgendwie freute er sich schon darauf diesen Kerl endlich los zu sein und so willigte er ein und unterschrieb. Immerhin war er zuversichtlich den Geldbetrag für nichts geschenkt zu bekommen, denn wie soll man etwas verkaufen, dass man niemanden in die Hand geben kann? Tja…das war töricht gewesen…

Obwohl…*ha*…eine Möglichkeit den Verlust der Reflexion zu überlisten fiel ihm ein. Schnell holte er seine Digitalkamera, drehte sie herum, lächelte siegessicher in das Objektiv und drückte auf den Auslöser. Einige Sekunden später hatte er die Gewissheit, dass er sich wieder geirrt hatte… Jetzt machte sich Panik breit! Da seine Schwester das Spiegelbild anscheinend noch sah, konnte es nur ihn betreffen, aber wie…wie solle er sich jetzt bitteschön morgens bürofertig machen? Nie wieder Fältchenkontrolle! Immer dem Friseur blind vertrauen müssen! Der konnte ihm doch alles Mögliche antun!

Er nahm sich zwei Tage Urlaub, zu Recherchezwecken im privaten Bereich, wie er großspurig wissen ließ. Sein erster Anhaltspunkt war der Ort seines Fehlers. Am frühen Abend betrat er erneut die Bar. Ohne Umschweife sprach er mit den Kellnerinnen, die von nichts zu wissen schienen.

Ein Gast mit etwas zerzausten Haaren horchte kurz auf, vertiefte sich jedoch rasch wieder in den vor ihm liegenden, Text von E.T.A. Hoffmann[3], was ihm jedoch entging. Währenddessen widmete er sich dem schlanken Barkeeper, der nur mit den Achseln zuckte, dabei aber wissend zwinkerte, was ihn wütend machte und so fragte er: „WAS?" „Setzen sie sich, trinken sie etwas." Er starrte ihn an, machte keine Anstalten dem Angebot folge zu leisten, sodass der Barmann weiter sprach: „Dann könnte ich das eine oder andere ausplaudern." Vermutlich war das nur heiße Luft, war seine Vermutung, trotzdem bestellte er einen White-Russian, zahlte sofort mit einem großzügigen Trinkgeld und wartete.

Der Mann hinter dem Tresen kam näher und flüsterte: „Ich weiß nicht, wo er ist, aber sie sind nicht der Erste, der nach dem Rosenverkäufer fragt." Er runzelte die Stirn, während der Mann genauer wurde. „Er kommt selten, vielleicht vier oder fünf Mal im Jahr, meistens verkauft er Blumen, manchmal nicht…und beschert mir damit neue Stammkundschaft." „Was macht er, wenn er keine Blumen verkauft?", fragte er sich unwissend stellend. Da grinste der Barkeeper belustigt, ließ ihn warten, während er den Cocktail fertigmachte und vor ihm abstellte. „Wenn es stimmt, dann kauft er etwas.", fuhr der Mann fort, „Ich weiß nicht, was es ist, nur dass die Leute es nachher zurück wollen und Fragen stellen, … die gleichen Fragen wie sie." Der Barkeeper machte eine erneute Pause, er trank inzwischen mit einem langen Schluck sein Glas leer. „Und dann warten sie hier…aber das ist sinnlos, das sage ich auch ihnen, denn er kommt nie, wenn jemand ihn hier erwischen will. … Fragen sie die Anderen da hinten!" Er drehte sich um.

---

[3] *Die Geschichte vom verlorenen Spiegelbild*

Da saß eine etwas ältere Dame, die mit ihrem Lippenstift den Mund ein wenig verfehlt hatte. Sie starrte in ihr Glas. Der Mann mit den zerzausten Haaren schien ebenso einer der unglücklich Wartenden zu sein, sowie eine sehr junge Frau im gegenüberliegenden Eck, die eine Sonnenbrille und eine schiefsitzende Stoffmütze trug. Vorhin hatte er diese Menschen einfach übersehen. „Keiner von denen war gestern Abend hier.", bemerkte der Barmann abschließend. All diese Personen, Gestalten, hatten etwas gemeinsam, es sah aus, als hätten sie krampfhaft versucht sich schön zu machen und waren alle kläglich daran gescheitert. Er schluckte...so wollte er nicht enden!

Im nächsten Augenblick drückten seine Hände die Glastür auf, er hatte eine Entscheidung getroffen. „Unwiderruflich" das war das Wort, das ihm im Kopf herumgeisterte. Sein Weg führte ihn zur nächsten hohen Brücke, dort stand er nun, sah ins dunkle Wasser hinunter und dachte wehmütig daran, dass er sich nicht ein Mal hatte verabschieden können von dem tollen Kerl auf der anderen Seite des Glases...

Ein sanfter Wind strich über sein Gesicht und langsam begann es ein neuer Morgen zu werden, der heller werdende Himmel wurde im zäh dahinfließenden Nass gebrochen und reflektiert... Er schmunzelte ein wenig und musste sich eingestehen, dass so eine Dummheit seinerseits leider doch kein Weltuntergang war... Gab es einen Ausweg? Naja, er würde lernen müssen auf andere zu vertrauen, aber er hatte ja noch seine Schwester, die Ehrlichkeit in Person ... und ... und zumindest sein Po würde immer so knackig bleiben, wie er ihn in Erinnerung hatte, denn wer sollte ihm jetzt noch jemals das Gegenteil beweisen können?

Aus dem Nichts

Seine Gedanken waren zu einem Parkett geworden. Auf diesem tanzten hochliterarische, altbackene, schon oft gelesene Figuren und Bilder in historischen Kostümen mit den Emotionen des Jetzt, die er eigentlich ausdrücken wollte. Das sah naturgemäß wenig nach einem professionellen Tanztheater aus, mehr nach dem ersten Tag in einer Schule, bei dem sich die „Talente" gegenseitig auf die Füße treten und wenig begeistert in die Augen blicken.

Er hatte sich dazu entschlossen etwas Besonderes für sie zu tun, sich hinzusetzen, sich Zeit zu nehmen, notfalls den ganzen Nachmittag hier zu verbringen, obwohl die Sonne seinen Körper nach draußen rief. Ein Brief sollte es sein, eine Bekundung seiner Zuneigung, an deren Ende er die Frage schreiben könnte, er sich aber nicht sicher war, ob er das wirklich tun sollte …

Sogar die Musik, die im Hintergrund seines Parketts lief, passte absolut nicht zu den ungeschickten Paaren auf der polierten Tanzfläche im Kopf. Zurzeit war es hämmernder Techno, der ihn an sein bisher einziges, danach bereutes Abenteuer mit einer Unbekannten auf der Toilette erinnerte. Heute noch war er wütend darüber, dass er sich damals nicht geschützt hatte. Was er sich dabei hätte einfangen können! Er vertrieb mit der Hand den Gedanken als wäre er ein lästiges Insekt, denn immerhin hatte das absolut nichts mit heute zu tun. So rief er sich nun all die kitschigsten Liebeslieder in Erinnerung, die er kannte und eigentlich zutiefst verabscheute, allerdings konnten sie zur Inspiration vielleicht ganz nützlich sein …

„Nothing compares to you", dachte er und wollte schon „Nichts ist vergleichbar mit dir, deiner Schönheit, deinem Sex-Appeal, deinem Wesen" tippen, als er sich doch auf die für einen Mann etwas zu sinnliche Unterlippe biss. Darüber würde sie lachen, sich wahrscheinlich nicht geschmeichelt fühlen, sondern erkennen, wie flach und leer das war und außerdem kam die Zeile aus einem Lied, das vom Verlassen handelte. Das wollte er auf keinen Fall …

Er öffnete eine Suchmaschinenseite und tippte das Wort Liebesbrief ein, nur mit diesen Ergebnissen hatte er nicht gerechnet. So blieb er doch lieber bei den ungelenken Tänzern seines Parketts als sich noch mehr Dinge anzulesen, die zwar gut gemeint, aber meist einfach genau das waren, was er sich niemals gewagt hätte, ihr zu überreichen. Sie würde über so etwas wohl betreten lächeln und den Gedanken dahinter loben, mehr nicht. Sie würde sich damit niemals wirklich gut fühlen, sondern nur peinlich berührt …

Eine Stunde saß er jetzt schon da und starrte auf das leere Dokument, er wollte erst später die letzte Fassung mit der Hand auf das teure Papier bringen. Zu diesem Zweck hatte er nach einem Hexenbuch eine Liebestinte hergestellt. Was albern war, das wusste er, nur wer sollte wirklich wissen, ob sie nicht doch wirkte? Nur erzählen würde er ihr das nicht, … zumindest nicht gleich … ach was, er würde ihr alles sagen, er konnte nicht anders … er musste so sein, wie er war und es fiel ihm so schwer, sie ab und an, wenn es für die Beziehung förderlich war, doch mit einer süßen Lüge zu beglücken, die sie dann meist ohnehin als solche entlarvte. Trotzdem entschärfte sie die Situation. Sie stritten so wenig. Es war ein Segen für ihn, vor allem weil er das zuvor schon anders erlebt hatte. Ja, er musste sich nicht davon überzeugen, dass es dieses Mal echt war, er wusste schlicht:

Die war es und keine andere! Darum tat er sich das hier auch an. „Liebe" ... schrieb er und löschte es unmittelbar danach wieder, denn wie eine Discokugel schwebte das Wort über der leeren Seite und war so deplatziert, wie nichts anderes es hätte sein können. Er nahm sich vor, diese fünf Buchstaben nicht zu verwenden, denn zu viele Menschen benutzten sie einfach ohne ihren Sinn überhaupt nur ansatzweise zu verstehen. Diese armen Gestalten, dachte er und ein kurzes Bild störte das Parkett, darin wanderten Zombies mit dem Wort auf den Lippen durch die Straßen, als wäre es nur das abgehackte Gestöhne, das diese Untoten üblicherweise von sich gaben. Plötzlich tauchte sie in diesem Bild auf. Die Zombies waren alle in Schwarz-weiß gehalten und sie wanderte in Farbe durch ihre Reihen, natürlich mit einem Maschinengewehr in der Hand, das bald schon Salven abfeuerte, weil diese Gestalten sie anzugreifen versuchten.

Er musste lachen, auch weil sie am Ende inmitten eines Haufens dieser eingeknickten Bestien stand, zwinkerte und ihm ein Lächeln schenkte. So eine Frau musste man einfach ... Er biss sich wieder auf die Lippe.

Dann schrieb er: „Meiner Heldin" und war richtig zufrieden, damit konnte man etwas anfangen, das würde ihr sicher gefallen, hoffte er... Der Rest ging überraschenderweise wie von selbst, er bediente sich keiner Klischees, umschiffte das Wort so gut wie erfahrene Seefahrer gefährliche Felsen und die Paare auf dem Parkett hatten endlich zueinandergefunden. Sie tanzten verwegen, nicht nach alten Schemata. Ohne Vorwarnung wirbelte sie ihm unversehens halb nackt durch die Szenerie und störte damit seinen Schreibfluss.

Beim Anblick ihres Körpers dachte er plötzlich mit einem bitteren Geschmack im Mund an die Barbiepuppen, die einem überall so serviert wurden wie billige Fertiggerichte und mit denen sie sich leider manchmal vor dem Spiegel verglich.

Das war so unnötig, denn was interessierten ihn diese aufgebrezelten Silikon und Botox verhexten Photoshop-Monstren, wenn eine echte, reale Frau neben ihm im Bett lag? Kleiderlos, ein bisschen ungeschickt, wie immer, in die Decke gehüllt, sodass vieles zu sehen und zu genießen blieb? Er sah ihr ab und zu sehr gerne beim Schlafen zu … hm … das aber löschte er wieder, sie wusste es ja ohnehin. Genauso wie es ihm nicht verborgen blieb, wenn sie nach ihm unter die Decken glitt und seinen vermeintlich schlafenden Rücken streichelte.

Er musste sich konzentrieren! Er ging noch einmal den ganzen Text durch, der war nicht sehr lang, aber lange genug. So besserte er da etwas aus, dort ein paar Kleinigkeiten, nickte über die eigenen Einfälle, hatte kurz den Gedanken, welchen Gesichtsausdruck sie beim Lesen haben würde und entschied sich dann, ihr nicht dabei zuzusehen. Sicher würde sie viel zu ernst und nachdenklich wirken, wenn sie das erste Mal diese Zeilen in sich aufnehmen würde. Ob sie danach mit ihm darüber diskutierte? Möglich und unwichtig jetzt, er musste ihn doch noch aufs Papier bringen!

Während des Schreibens ärgerte er sich manchmal darüber keine schönere Schrift zu haben. Doch es half nichts, jetzt würde er das Ganze zu Ende bringen, so gut er das eben konnte. Dann schloss er den Text mit der Frage. Er wusste, das war vielleicht etwas konventionell, aber naja, er wollte sie nicht mehr hergeben! Und so hatte sie das auch noch schriftlich. Draußen wurde es dunkel, er hatte es endlich geschafft, Schweiß wischte er sich von der Stirn und weitete mit zwei Fingern etwas den Kragen, um Luft an seinen Hals zu lassen. Das Kuvert lag vor ihm auf dem Schreibtisch, er ließ es dort liegen, ging ins Badezimmer und überlegte dabei, wo er den Brief platzieren könnte, wann er ihn ihr überreichen sollte.

Morgen? Nein, aber er kannte sich, er war zu ungeduldig dafür bis zu einem besonderen Datum zu warten, jedoch sich bis zum Wochenende zu gedulden, erschien ihm möglich. Als er zurückkam, war der Brief verschwunden.

Das Fenster neben dem Schreibtisch stand offen, der Wind musste es aufgedrückt haben. Er suchte unter dem Tisch nach seinem Kuvert. Kurz überlegte er etwas Aberwitziges und dann fragte er sich, ob er vielleicht die fast perfekten Zeilen nie geschrieben hatte. Er schluckte, dachte an Bücher und Filme, die er erlebt hatte, in denen immer wieder die mysteriösesten Dinge geschehen. Er dachte mit schaudern daran, dass sie den Brief vielleicht nie lesen würde, weil so eine Geschichte plötzlich Realität geworden war. Nicht nur, dass das Papier sich in Luft aufgelöst hatte, es wäre auch möglich, dass sie einfach auf dem Nachhauseweg gestorben war! Von einem Auto angefahren, von einem Ast, der heruntergebrochen war, erschlagen! Unglücklichst gestürzt und für immer verloren. Es fröstelte ihn, diese Gedanken hatte er manchmal und er hasste sie. Trotzdem sah er sich schon, wie er das wiedergefundene Kuvert vor ihrem Grabstein niederlegte, weil sie es nie hatte öffnen können…

Seine Miene zeigte große Traurigkeit, als eine Hand wie aus dem Nichts über seine Haare strich. Er fuhr herum und sah erleichtert in ihr Gesicht. Er war also doch kein Held einer verworrenen Kurzgeschichte: „Gott-sei-Dank!" Sie küsste sein erleichtertes Gesicht, hauchte ein sehr zufriedenes: „Danke, du hast mir den Tag gerettet" und wedelte dabei mit dem geöffneten Brief in der Hand herum. Dann drehte sie sich spielerisch mit Schwung um, er fing sie mit den Armen wieder ein, um ihr etwas ins Ohr zu flüstern, was sie mit einem kräftigen Nicken beantwortete…

Satin

Durch die Stille rannte sie, gejagt, barfuß über die dunkelroten Teppiche, den leise knarrenden Holzboden, bis sie endlich war, wo sie hin wollte, hin musste. Die Tür ächzte wie immer. Sie öffnete den Wandschrank. Der lange Stab stand ganz hinten in der Ecke, schon holte sie mit ihm die Treppe zum Dachboden herunter, eilte hinauf und schloss den Zugang mühsam hinter sich. „Alles Okay.", sagte sie keuchend und stand im Dunkel.

Draußen torkelten die Schneeflocken lautlos zu Boden. Die Luft war kalt, ihr Atem weiß. Sie trug nur ein Nachthemd aus Satin. Hie und da versteckte sich bereits ein graues Haar zwischen ihren Locken und um die Augen waren erste Fältchen erkennbar, beides waren Dinge, die sie zu verbergen suchte. Mittlerweile hatte sie sich beruhigt und kam zu sich. *Was machte sie eigentlich hier? Was hatte sie nur um diese Zeit aus dem Bett getrieben?* Doch bevor sich Antworten finden ließen, holte sie die Kälte, ihr eigenes Zittern, ins Jetzt zurück.

Kurz drauf tasteten Finger über die Mauer auf der Suche nach einem Lichtschalter. Die Augen waren keine Hilfe und so dauerte es ein wenig, bis fahles, gelbliches Licht die Schatten in ihre Ecken zurückdrängten. Um sie herum standen alte Holztruhen, Schachteln, Kleiderständer, die mit Plastikplanen überdeckt waren und einige Kästen, die längst schon auf den Müll gehört hätten. Nahezu alles war ordentlich sortiert, aber lange unberührt gewesen. Überall lag Staub wie der Schnee draußen auf den Dächern, Wiesen und Bäumen.

Sie riss eine der Planen von einem der stummen Diener, denn sie vermutete darunter einen Mantel und war augenblicklich umgeben von Grau. Der ganze Raum hatte sich mit den Partikeln gefüllt, es wirkte wie plötzlicher Nebel auf einer nächtlichen Straße, der zum Drosseln der Geschwindigkeit zwingt. Ihre Lungen waren soviel Staub nicht gewöhnt. Sie begann zu husten, ihre Augen tränten. Sie schloss sie und griff nach dem ersten Stück am Kleiderständer. Es war tatsächlich ein Mantel, sie zog ihn noch immer mit geschlossenen Lidern ungeschickt an. Danach versuchte sie jede abrupte Bewegung zu vermeiden, auch wenn es noch so sehr in der Nase kitzelte. Langsam rieselte „der Nebel" wieder zu Boden, blieb jedoch an lang verlassenen Spinnennetzen hängen. Sie wischte sich über die Augen und sah sich um. Ihr Blick war noch nicht klar, da entdeckte sie in der hintersten Ecke des Raumes etwas. Um nicht wieder alles aufzuwirbeln, setzte sie behutsam einen Fuß vor den anderen in die Staubschicht. Viele Jahre war hier niemand heraufgekommen. Sie hatte keine Zeit gehabt dafür und jetzt hinterließ sie Spuren auf den Brettern.

Ein wilder Haufen von abgetragenen Kleidern und anderen nutzlosen Wäschestücken lag in dieser Ecke. Sie blieb davor stehen, kniete sich langsam hin und legte ein Stück nach dem andern zur Seite, als wäre jedes etwas Besonderes. So dauerte es eine Weile, bis sie ihren Schatz freigelegt hatte. Unter all diesem Müll lag sie begraben, die alte Weinkiste. Sie setzte sich auf den Holzboden. Ihre Füße waren kalt, doch das störte sie jetzt nicht mehr.

Der Deckel ging nicht mehr so leicht auf. Eine Spinne huschte an ihr vorbei unter den Wäschehaufen. Eigentlich mochte sie keine Insekten, aber diese ließ sie gewähren. Jetzt gab es Wichtigeres als Achtbeiner zu zerquetschen. All ihre Schätze von einst waren noch geordnet wie sie sie verlassen hatte. Das Taschentuch von ihrem damaligen Idol, das er bei einem Konzert in die Menge geworfen hatte, die gelbe vertrocknete Rose von ihrem ersten Ball und die alten Tagebücher. Sie nahm eines davon heraus, es hatte einen dunkelblauen Einband und schlug die erste Seite auf.

Auf ihr stand wie in jedem ihrer Bücher: „Das ist mein Privatleben, wenn du nicht ich bist, verschwinde." „Das geht in Ordnung, wir kennen uns gut", flüsterte sie.
Dann las sie die ersten Einträge. Ein Lächeln zeichnete sich auf ihrem Gesicht ab, das beim Umblättern plötzlich weggewischt wurde. Auf einer leeren Seite stand nur ein Satz: „Du bist nicht ich!"
Verwirrt ging sie zum nächsten Blatt über. „Das ist mein Leben, hau ab", stand auf diesem und wieder eine Seite weiter: „Du hast ein eigenes Leben, lies doch DAS!" Das war ganz eindeutig ihre Schrift, wütend schienen die Worte hingeworfen. Sie blätterte erneut um, aber auf den folgenden Seiten war nur noch Leere, vergilbte Seiten, inhaltslos.

Sie wurde wütend, riss Seite, um Seite heraus, immer wilder, schneller, aggressiver. Nichts stand auf dem Papier, nichts mehr von all dem, was sie hineingeschrieben hatte. Ihre Erinnerungen: fort; die schöne Zeit: gestohlen; die Freiheit: als wäre sie nie gewesen. Bald war sie umgeben von nichtssagenden Blättern. Das Buch wurde dünner. Dann gelangte sie zur letzten Seite und hielt inne.

Etwas war darauf zu lesen. „Diese leeren Seiten, die du eben raus gerissen hast, das war dein jetziges Leben!" Sie warf das Buch gegen die Wand. Jemand hatte ihr das angetan, *ihre Kinder?* Nein, *ihr Mann vielleicht?* Aber niemand wusste von diesen Büchern. Geheim und versteckt hatte sie diese Schätze stets gehalten, damit niemand lesen konnte, wie sie einmal war. Sie holte tief Luft, vielleicht war es doch zu spät für so eine Unternehmung. Sie war müde, hatte sie sich das wohl nur eingebildet und jetzt vielleicht aus Versehen ihre eigenen Erinnerungen vernichtet?

Sie nahm das nächste Buch aus der Kiste und drehte es einige Male hin und her, schlug es auf. Auf den ersten Blick schien ihm nichts zu fehlen. Jeder Eintrag war, wie er sein sollte. In diesem Sommer hatte sie sich das Bein gebrochen, genau, das wusste sie noch. Doch seltsam, schon wieder eine fast leere Seite. „Verschwinde, du bist nicht ich." Sie schlug die nächste Seite auf, jetzt wollte sie ruhig bleiben. Wenn sie sich das alles nur einbildete, wollte sie nicht noch einen Teil ihres Lebens zerstören. „Du hast nicht nur einen Teil, sondern fast alles zerstört." stand auf der nächsten Seite. Gänsehaut bildete sich auf ihren Armen. Leise fragte sie nun „Warum?" Sie beherrschte sich noch. „Du hast dich selbst in die Kiste gesteckt, versteckt!." Das nächste Blatt zeigte: „Jetzt bist du leer". Seite, um Seite, etwas schneller, aber nicht so wütend wie zuvor, blätterte sie um:

„Du hast mich vergessen! Du hast mich lebendig begraben."

„Du bist eine Fassade, ein leerer Topf."

„Wolltest uns umbringen? Gratuliere, du bist nahe dran."

Sie hielt inne, die Wut stieg ihr wieder ins Gesicht. Sie ließ sich gerade von ihrem eigenen Selbst beschimpfen, Vorwürfe machen von einem Teenager-Ich. Was wusste das damals schon? Sie blätterte erneut um und riss dabei fast die Seite heraus. Dann las sie: „Du bist NICHTS!" und etwas darunter stand mit viel ruhiger, versöhnlicher Hand geschrieben „Es sei denn, du befreist mich endlich."

„Wie denn?" schrie sie, die mühsam zurechtgelegte Gelassenheit, die sie auch im Alltag trug, war erneut zusammengebrochen. Sie schlug die Fäuste auf den Boden, wirbelt damit alles zu Boden Gesunkene auf. Draußen fiel noch der Schnee, unten hörte man das Knarren des Holzbodens, das Klicken eines Lichtschalters, Füße, die in Hausschuhen steckten und rasch immer näher kamen.

Sie blätterte zum letzten Mal um, bevor ihr Mann an die Dachbodentür klopfte und las „SCHREIB wieder, TANZ wieder, LEBE!"...

Kurzvita

Clarissa Edlinger
Tochter, Schwester seit 1981
Schülerin, Studentin, Magistra
Freundin, Gefährtin, Mutter und Mensch
Dichterin seit 1997, Schriftstellerin
Bisherige Bücher: Lyrikband „Angesprochen" 2007
Vortragende bei diversen Lesungen …

Ich möchte mich hiermit bei Ihnen für ihre Unterstützung, den Erwerb dieses Buches, bedanken …